周勛初文集

門弟子徐興無敬書

周勋初文集

九歌新考

周勋初 著

凤凰出版社

图书在版编目（CIP）数据

九歌新考 / 周勋初著. -- 南京 : 凤凰出版社,
2021.6
（周勋初文集）
ISBN 978-7-5506-3427-5

Ⅰ. ①九… Ⅱ. ①周… Ⅲ. ①《九歌》—诗歌研究
Ⅳ. ①I207.223

中国版本图书馆CIP数据核字(2021)第077754号

书　　名	九歌新考
著　　者	周勋初
责任编辑	郭馨馨
装帧设计	徐　慧
出版发行	凤凰出版社(原江苏古籍出版社) 发行部电话025-83223462
出版社地址	江苏省南京市中央路165号,邮编:210009
出版社网址	http://www.fhcbs.com
照　　排	南京凯建文化发展有限公司
印　　刷	苏州市越洋印刷有限公司 江苏省苏州市吴中区南官渡路20号,邮编:215104
开　　本	880毫米×1230毫米　1/32
印　　张	5.875
字　　数	142千字
版　　次	2021年6月第1版
印　　次	2021年6月第1次印刷
标准书号	ISBN 978-7-5506-3427-5
定　　价	68.00元

(本书凡印装错误可向承印厂调换,电话:0512-68180788)

周勋初简介：

周勋初，上海市南汇县人，1929年生，副博士研究生肄业。

现为南京大学人文社会科学荣誉资深教授，历任南京大学研究生院副院长、古籍所所长、中国古代文学重点学科学术带头人，兼任江苏省文史研究馆馆长。

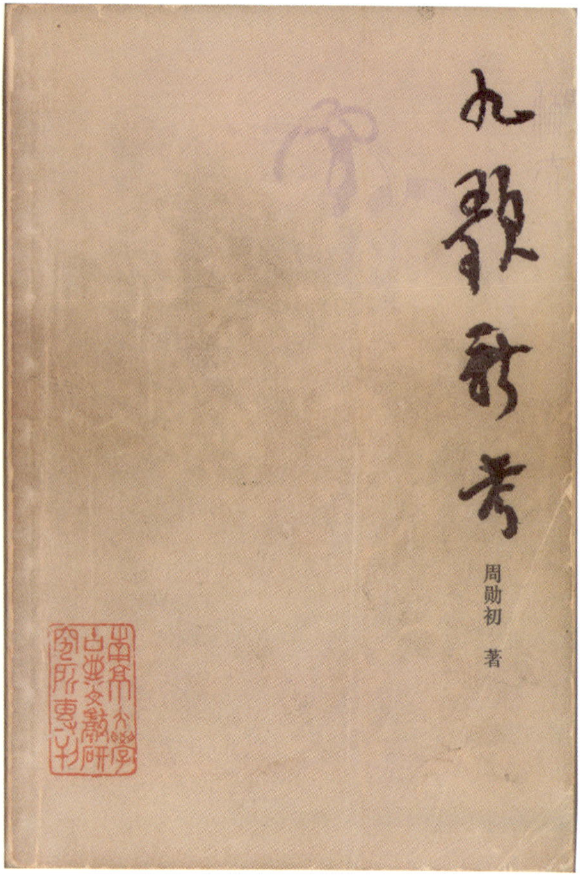

上海古籍出版社 1986 年 8 月出版

《周勋初文集》江苏古籍出版社 2000 年 9 月出版

世纪之交《周勋初文集》初版作者留影

1957 年，祝贺胡小石导师、杨秀英师母七十大庆合影。

1992 年，程千帆教授、周勋初教授与部分博士生合影。

1991 年，参加新加坡国立大学主办的“汉学研究之回顾与前瞻国际会议”。

1994 年，在日本京都大学文学部讲演后与清水茂、兴膳宏、小南一郎、川合康三、横山弘等教授合影。

1996年，访问台湾“中央研究院”时摄于胡适墓前。

1998年，主持第四届国际辞赋学学术研讨会。

1997年，携家人赴美国佛罗里达州萨拉索塔市访问
美国唐代学会会长艾龙教授。

1999年，南京大学校长蒋树声教授颁发“优秀学科带头人”奖状。

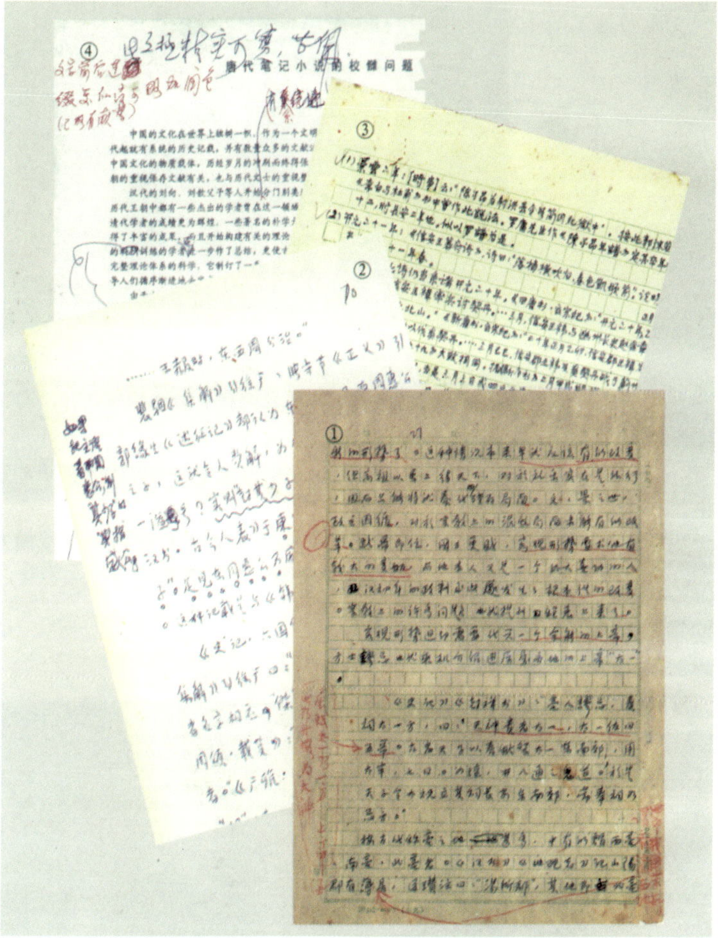

①胡小石教授《九歌新考》批语
②洪诚教授《〈韩非子〉札记》批语
③孙望教授《高适年谱》批语
④程千帆教授《唐人笔记小说考索》批语

出版说明

《九歌新考》书稿最早完成于1958年，是周勋初先生的第一本学术著作。1986年，《九歌新考》由上海古籍出版社出版。2000年，江苏古籍出版社出版《周勋初文集》，《九歌新考》作为文集的第一册，收录其中。2021年，凤凰出版社推出新版《周勋初文集》，新增《师门问学录》《撷英集》等专著。考虑到《九歌新考》对于周先生治学经历的特殊意义，以及在《周勋初文集》中的特殊地位，故谨附2000年版文集"前言"于此：

《周勋初文集》即将在江苏古籍出版社出版。重读旧稿，回忆往事，历历在目。师长的教导，朋友的帮助，家人的支持，终生难忘。南京的气候向称恶劣，夏日的酷热，冬日的严寒，加上前半生政治上"极左"思潮的高压，常使人感到窒息。我读书反应慢，写作笔头慢，在外部环境差的条件下完成这几册文字，也可说是作出了很大的努力。因为长期充当使用对象，不断应付突击任务，因此开的新课多，写的东西五花八门。今日编纂《文集》，考虑到读者的需要，作了一些归类。现将分册的内容，结合我个人的发展历史，作一个简略的介绍。

第一分册，内收《九歌新考》(上海古籍出版社1986年8月出版)、《〈韩非子〉札记》(江苏人民出版社1980年11月出版)、《韩非》(江苏古籍出版社1985年10月出版)三种。

这三种书的研究对象都属先秦学术。

我在1956年考回南京大学，从胡小石师进修副博士研究生课程。小石师告诫，读书要从小学入手，学习几部先秦的经典。因为中国学术源于先秦，人们对此如果缺乏认识，也就是所谓基础不好，日后发展必然会受影响，一些重要的传统观念不知所出，甚至连中国古代几个主要的学派都分不清楚。因此，在小石师的指导下，我学习过《说文解字》和甲骨、金文，也读了《左传》等几部经典。这些对我后来的发展确有很大的帮助。

小石师为楚辞名家。我在大学四年级时听他上文学史课，学习比较认真，为日后的写作打下了基础。1959 年当研究生时重听此课，产生了一些新见。当时想作神话方面的学位论文，正在读《山海经》等著作，但系里因工作需要，叫我立即中辍学业，去上中国文学批评史课。想到日后怕难再回到先秦文学上来，遂抓紧时间，写下了《九歌新考》的初稿。书中的论点，很多地方发挥师说而成。小石师读书神悟，而不轻于著述，他往往只提出一种看法，而不作详细的论证。我在他的启示下，作了多方面的考察，形成一些论点，自信前人从未提出过。从目下学界的情况来看，日后怕也很少有人会形成同样的观点。这是我秉承师训，从先秦学术入门，写成的第一部书，因而一直敝帚自珍。

《〈韩非子〉札记》的写作纯出偶然。“文化大革命”中沦为贱民，一直荒废年华，后因南京大学革命委员会接受了编写法家著作《韩非子新注》的任务，出于工作上的需要，我才被吸收进编写组中。趁此机会，我熟读此书，并对先秦诸子也涉猎了一番。自觉对先秦学术加深了认识，读古书的能力也大为提高。在此期间，我还读了不少清人的笔记，想到也可采用这种方式对《韩非子》中的一些问题进行阐发，因以《〈韩非子〉札记》为名，编辑成册。这种写作方式比较活泼，内容不拘，只要有点滴心得，即可铺写成文。有话则长，无话则短。不论是文、史、哲方面的新见，抑或目录、版本、校勘方面的一些实际知识，都可兼收并蓄，融合渗透。后来我把个人坚持的这一治学特点称为综合研究。目下学术界分工过细，文、史、哲泾渭分明，少见综合之作。或许我的这一《札记》在《韩非子》研究领域中别具一格，因此不论在国内还是在国外，都获得了一些赞誉，拥有不少读者，还认识了一些同好。

1984年前后，我应江苏古籍出版社之约，写成《韩非》一书。这是一本通俗读物，但我将编写《韩非子校注》和《〈韩非子〉札记》时的一些心得体会分别写入，也可说是具有学术价值的吧。其后我还为儿子周晨在人民文学出版社出版的《韩非子选译》一书作了修改和加工，也花了不少时间。用现在通行的话来说，这也可以说是“韩非子研究”中的一项系统工程吧。

第二分册，内收《张骘〈文士传〉辑本》《〈文心雕龙〉解析(十三篇)》《中国文学批评小史》(长江文艺出版社1981年1月出版)三种。

或许我还应对先秦学术再下些功夫，但形势不容，1959年改为助教，立即投入中国文学批评史课的教学工作。当时社会主义阵营已发生分裂，中国高举反对“苏修”的旗帜，要求肃清一切流毒。周扬号召建立中国式的马克思主义文艺理论，中国文学批评史才走红起来，《文心雕龙》一书受到了前所未有的重视。可我校的中国文学批评史专家罗根泽师因健康的原因已难再上讲台，系里这才让我临时应急，驱赶入魏晋南北朝文学的领域。

教过文学批评史的人都知道，从事这项工作必须对魏晋南北朝这一阶段的学术加以特别的注意。鲁迅说过，中国到了这一时期才进入文学自觉的时代。其时产生过不少理论家，出现了好几种重要的理论著作。像刘勰的《文心雕龙》，钟嵘的《诗品》，都是文学批评史领域中的“经典著作”，凡是讲授这一课程的教师必须先在魏晋南北朝这一时期的学术中沉潜一番。对此我自不会例外。

我早期写成的几篇论文，如《梁代文论三派述要》、《〈文赋〉写作年代新探》等，都是在讲授中国文学批评史的过程中有所发现而取得的成果。1998年，我在台湾清华大学教书时，听到该地学者说，我在魏晋南北朝文学领域中作出的成绩还是不差的，但有的文章可不易看到。回南京后，就和江苏古籍出版社商量，得到他们的支持，将我在这一时段内的研究成果集中起来，出版了一本《魏晋南北朝文学论丛》。这次出《文集》，他们建议将《论丛》列为第二分册。于情于理，应该这么做。但我这本书中的大部分文章是从《文史探微》和《文史知新》两本论文集中抽出来的，如果列入《论丛》，也就要把两本论文集拆得七零八落，而我又很重视论文集的单独行世，因而最后还是放弃了《论丛》的编入。无法两全其美，只能舍彼求此，这是一个很遗憾的决定。

为了显示我的发展历程，第二分册中收入了《中国文学批评小史》一书，也收入了自60年代起即已开始草拟的《〈文心雕龙〉解析（十三篇）》。后者为一份讲义，80年代也一直在使用，同学反映尚好，认为可以帮助自学。我不取目下讲授《文心雕龙》时竞采西方理论阐述中国固有文学理论体系的方法，而是力图再现《文心雕龙》的本来面貌，分清章节层次，掌握理论展开时的脉络，并注意骈文特有的表达方式。在读通原文的基础上，再作简要的阐发。我所追求的，是帮助同学读懂原文，在此基础上进行理论探讨。这样做，真所谓“卑之无甚高论”。但我以为必须先作这一层读通原文的工作，才谈得上“研究”二字，否则，任你讲得天花乱坠，或许与刘勰的原意风马牛不相及。正像陈寅恪在审查冯友兰《中国哲学史》时所说的：“今日之谈中国古代哲学者，大抵即谈其今日自身之哲学者也。所著之中国哲学史者，即其今日自身之哲学史者也。其言论愈有条理统系，则去古人学说之真相愈远。”应该把他下面的一句话变换一下，“此弊至今日之谈《龙》学而极矣”。

但在这种讲义中有一个问题难于解决。《文心雕龙》中的文字异文很多，如果加上校勘，虽能增加学术分量，但对刚入门的人来说似无必要。而且多歧亡羊，有时反而使人无所适从。因此，我在正文中每采择自以为可信的一种文字，而不再附加校勘记。

《中国文学批评小史》一书，中国大陆和台湾地区多次重印，韩国还有译本，台湾、香港和韩国还都出现盗版。此书日本、韩国、新加坡和香港等地的许多大学都曾用作教材和主要参考书，影响还是比较大的。这次印入《文集》，用的是辽宁古籍出版社的版本。

第二分册中收入张骘《文士传》辑本一种，则是一种尝试。我总觉得，做辑佚工作，不光是搜集资料、进行排比的问题。如何将零乱残佚的文字编排有序，既能恢复原书的面貌，又能保存各种不同来源的文献的本来面目，这才有利于阅读与研究。因此，辑佚的人首先就得注意设计一种切合此书的体例。目下已有一些书的索引问世，比之前人，工作容易做得多了，但要完成一种佳制，也不容易。我经过这一番尝试，也知道了一些甘苦。此文首先发表于南京大学古典文献研究所所编的《古典文献研究》(1989—1990)，南京大学出版社 1992 年 5 月出版。

第三分册，内收《文史探微》(上海古籍出版社 1987 年 12 月出版)、《文史知新》两本论文集。

《文史探微》收入了 60 年代至 80 年代中期的一些论文，《文史知新》则收入了自 80 年代中期至 90 年代后期的一些论文。前书收入论文十六篇，后书收入论文二十一篇。前书中的《柳珵〈刘幽求传〉钩沉》《唐语林原序目考辨》二文，后又移入《唐人笔记小说考索》一书，所以《文史探微》之中现存十四篇。

这些论文，上起先秦，下至晚清，时间跨度很大，但主要集中在魏晋南北朝至唐代和清代。讨论的内容，主要为文学，但也不限于文学，时而涉及其他学科，因此均以“文史”命名。我在《文史探微》的《后记》中阐明了对这一问题的看法。

写作论文，可用各种不同的方法。有人采择某种西方的新理论，再拿古代的一些材料去印证，也就成了一种新说。有人从早期出版的一些著作或报章杂志中发掘论点，改头换面，以新的语气陈述，也就成了一种新说。有人综合各家之说，成为一种新说。有人在前人提供的材料之外再增加几条材料，也就成了一种新说。我秉性迂拙，写作论文时，总想提出一些新的论点，而不取取巧的态度。限于个人的条件，自知水平有限，但看到还有一些论点出于个人的独立思考，也就感到一丝快慰。这也可以说是不负所学吧。

这些论文，不少是为参加各种学术会议而准备的。我因涉及的学术领域较广，时而应邀参加各种不同性质的会议，写作各种不同内容的论文，颇感应付为难。但我黾勉从事，坚持以文会友。我也不喜欢与人合作，因为单篇论文应是个人的读书心得，反映的是个人的独特体会，不太可能与人雷同。这两本书中的文字，没有一篇出于他人之手。

《文史知新》一书，原已送辽海出版社审读，且已列入出版计划。今为编辑《文集》，取回原稿。但对他们的盛情，还应表示感谢。

第四分册，内收《高適年谱》(上海古籍出版社 1980 年 9 月出版)、《诗仙李白之谜》(台湾商务印书馆 1996 年 11 月出版)、《唐诗文献综述》(江苏古籍出版社 1990 年 11 月出版)三种。

我自“文化大革命”中期开始学习唐诗。之前忙于中国文学批评史的教学，严格遵守计划经济下的教学秩序，从未进入其他教师负责的领域。那时天下大乱，清规戒律减少了不少。由于郭沫若《李白与杜甫》一书的出现，教师才获恩准可以阅读古书，尽管其时自置的书已悉数上缴，家中仅存雄文四卷，但我还是利用形势研究李白与杜甫的友人高適，写下了这部《高適年谱》。

我个人体会，研究唐代文学比较容易入门。因为有关的各种基本文献比较配套，不论从事考证，还是从事阐发，都有大量的资料可以分门别类地供利用。一些基本的资料，如《郎官石柱题名考》《御史台精舍题名考》《登科记考》等，前人已经作了很好的整理，写下了很好的著作。陈寅恪、岑仲勉等人也提出了很好的研究成果。西域文明的研究，也已取得不少成绩。研究这一时期的文学，辅助学科的研究成果很多，左右采获，容易引起兴趣，也易产生成果。

写作《高適年谱》时，以为逢场作戏，只想留个记录，本无公开出版的非分之想。想不到"四人帮"垮台后，唐代文学立即进入迅猛发展的黄金时代，我也为这本小小的著作而裹入了这股洪流。唐代文学学会成立，定期举行年会，推动了唐代文学研究的发展。1990 年主持唐代文学第五届年会暨国际学术讨论会时，为了向大会献礼，我主编了一部《唐诗大辞典》，并编写了一种《唐诗文献综述》的附件，这就逼着我对有关的各种资料和前人的研究成果清理了一番。

"文献"这一概念内容宽泛得很，我在短短五万字的附件中，当然不可能介绍得很周全，事实上也不可能有周全之说，因为在研究工作的开展过程中，往往会用上很多事先意想不到的材料，但我对"文集""史传""小说"等十三类文献一一作了介绍，进行了分析，还是可以给读者提供一些基本知识，引导他们夫入门。事后人们告知，这一"综述"受到了学术界的欢迎，不论国内还是国外，一些讲授唐代文学的教师曾拿此文作为指导研究生的教材，取得较好的效果。

唐代诗人中，自以李白和杜甫的成就为大，研究的人也最多。我也喜欢读二人的诗，但从不敢谈什么"研究"。比起一些研究李白和杜甫的朋友来，对材料的掌握而言，自觉差得多了。但我性格中有喜奇猎异的一面，观察某一对象时总是首先着眼于他与众不同的地方。高適的特点是注重事功，因此《高適年谱》中的内容，主要是从军、参政、抗敌等经历。李白与众不同的地方太多了，无论是他的出生还是行事，都与其他唐代诗人不同，甚至在中国历史上也很难找到同样的例子。这样的人物，犹如一团谜，难得明白他的真相，但却吸引人去钻研。我在阅读唐代历史时，也常为民族之间的交往与融合所吸引，李白在这些问题上引起的争论，自然引起我的兴趣。到了90年代，觉得有些谜团已可解开，一些论点逐渐酝酿成熟，也就先后写成了十篇研究论文，随后也就印行成册。因为《诗仙李白之谜》是在台湾出版的，大陆读者无法看到，常有人来询问，希望代为购买。实则这十篇文章绝大多数都在国内杂志上发表过，只是不易搜集全。这次收入《文集》，也就可以解决这一不该发生的难题。

此书保持我的一贯风格：文必己出，发人之所未发。我也像写《九歌新考》一样，决不走时下流行的模式。内如言及李白剔骨葬友乃受南蛮文化的影响，两次就婚相府乃受突厥文化的影响等说，自信前人从未说过。或许有些人会不相信这些论点，但我坚持己说，觉得只有这样才能说明李白的为人。当然，这一问题很复杂，还可多方面地探索，我将不断学习，拓展此说。

由上可知，《诗仙李白之谜》是从文化方面研究李白的一部著作，但与其他一些论证李白的释道信仰或特殊喜好等问题的著作不同。用现在一句时髦的话来说，这也可以说是一种研究李白大文化背景的著作吧。

第五分册：内收《唐人笔记小说考索》(江苏古籍出版社1996年6月出版)、《唐代笔记小说叙录》两种。

我自1981年起整理《唐语林》，陆续读了不少唐人笔记小说。1987年在中华书局出版《唐语林校证》时，附入了一种《唐语林援据原书提要》，对《唐语林原序目》中提到的五十种书，以及羼入的其他几种书，一一作了介绍。

我在指导学生时，常叫他们作滚动式的研究。研究一个专题，搜集材料、分析问题时，要把想到的东西及时记下。写成一本著作，决不能把看到的、想到的悉数写入，前时记下的心得，有时会在日后的研究中起作用，往往会滚雪球似地形成另一种新说，从而产生另一著作。这样不断滚动，涉及的东西越来越多，知识面越来越广，也就可能成为这一新的开拓的领域中实力雄厚的学者，并有可能形成自己的体系。

我在整理好《韩非子校注》后，完成了《〈韩非子〉札记》一书。同样，我在整理好《唐语林校证》之后，完成了《唐人笔记小说考索》一书。《考索》即是在整理《唐语林》时所积累下的材料上写成的。

《唐语林援据原书提要》中提到的作者，限于篇幅，未能多所介绍；提到的书，未能多所考证。写成专题论文后，也就可以畅所欲言。如《卢言考》一文，对《卢氏杂说》的作者作了尽可能详细的考证，并放在牛李党争的背景下加以透视。由于唐人笔记小说的作者中名人不多，有些作者，有些著作，很难发掘出什么材料。组织成文，往往显得单薄。收入此书的，还算是比较知名的人物和比较重要的著作。由于材料的发掘永无止境，有的文章不得不多次改写，如《赵璘考》，比起原先发表于黄永年先生主编的《古代文献研究集林》第一集中的那一篇来，《考索》中的文字就要丰富一些。

《考索》中的内容，也已有了新的开拓，不限于《唐语林》中提到的五十种书。内如对卢肇生平的考证，《酉阳杂俎》一书的成书过程，都是前时未曾作过研究的新题目。

唐人笔记小说的研究，随后一直在拖拖拉拉地进行。因为指导学生，为会议提交论文，最近还写了一篇《唐代笔记小说的材料来源》，加入《考索》之中。有些文章中新增入的内容，或用附件的方式补入。

当年写作《唐语林援据原书提要》，也花了一番心血，因为这类文字学术界还不多见，因而也曾得到过一些鼓励。这次编辑《文集》，自然想到要把这组文字收入。但复看此文，却又发现不能原封不动地照搬。因为该文原是为帮助读者阅读《唐语林》而写作的，所举的例子，都出于该书，如果不与《唐语林》并读，就会让人感到不知所云。我又不愿让这组提要中的一些浅见遽而遗弃，因而决心加以扩大，重行写作，成为另一种篇幅较大的书。这样对介绍的对象也就作了一些必要的调整。《唐语林原序目》中一些无法确知的著作，对后代几无影响的笔记小说，也就不再列入；而一些对后代深有影响的笔记小说，如《朝野佥载》《南部新书》等，则必须添入。因此，《唐代笔记小说叙录》的内容比之前者固已扩大，对于一般的读者来说，可能也要实用一些。

目下研究唐人小说的风气已趋兴盛，不时有水平很高的研究著作发表。我当然也一一加以参考。但我写作《唐代笔记小说叙录》的目的与时人颇不相同。他们往往是从研究近代意义上的小说这一文体的发展着眼，最后的归宿在于论证唐代这一时段的小说取得了哪些成绩。我的目的是在为爱好文史之学的读者提供一种便用的书目。希望当代的唐代文史研究者，除了注意正史中的材料外，也要注意唐代笔记小说中的材料。因此，我所介绍的笔记小说，除唐人之作外，还有不少五代十国时人的作品，甚至还有像《唐语林》这样集纳唐人现成材料的宋人著作。我为“唐代笔记小说”作的“叙录”，是向研究唐代文史的人郑重推荐五十七种笔记小说而作的介绍。

第六分册，内收《当代学术研究思辨》（南京大学出版社 1993 年 5 月出版）、《西学东渐和中国古代文学研究》二种。

我自进入 80 年代之后，开始写作一些有关近代学术的文章。到了 80 年代中期，杂志社常向中文系和个人约稿，也就写了一些纪念老师的回忆录和有关他们的传记。其时还为指导硕士研究生前言而开设了“近代学者治学方法研究”的新课，从而系统地阅读了一些前辈学者的著作。先前因为工作的需要，读过一些清代学者的笔记，对他们的学术成就曾有一些了解，这时就很自然地勾出了一条线索，形成了若干近代学术发展历史的观点。

我在南京大学中文系读书时，受业于胡小石、汪辟疆、陈中凡、罗根泽诸先生，他们都是清末至五四时期成长起来的学者，熟悉近代学术的源流演变。特别是胡、汪二师，接触过清末的一批知名学者，如缪荃孙、沈子培、陈散原、李瑞清等。他们有时讲些前朝掌故，也对年轻学子会有影响。

建国初期，学术界特别强调阶级分析，以小石师为代表的前中央大学教授，虽然受到人们的普遍尊重，但在一些阶级观点鲜明的领导人心目中，都应算是封建学者，学风显然不合时宜。在这样一种气氛下，真正跟他们学的人实际上是不多的。

我受胡小石师教导多年，受到他的深刻影响，因而在"文化大革命"中受到革命师生的讨伐，赐予"封建学者俘虏"的恶谥。而我之所以还能了解一些近代学术发展的实际情况，则得益于"逆历史潮流而动"，除认真上课外，还津津有味地听过一些民国初年清代遗老的轶闻。

1993年后，我应各界之请，继续写了几篇关于小石师和陈寅恪、朱东润等先生学术研究的文字，今一并编入《当代学术研究思辨》。因此，《文集》中的这一著作已可说是一种增订本了。

1997年时，北京三联书店打算出版一种《中国人文百年》的论文集，总结百年来中国人文科学领域内各学科发展历史的著作，约请各学科的专家分别撰写。古代文学这一领域，请我负责撰述。由于我在1997年下半年即去美国访问，1998年下半年又去台湾教书，回校后，教学繁忙，杂务丛集，无法做到沉思冥想，结撰成文。三联书店后来收到了一些稿子，据云不合他们原先的设想，因而撤销了这一计划，我也就此打住，草草收场。因而目下改名为《西学东渐和中国古代文学研究》的这一本小书，核心部分只完成了"文学观"和"发展观"两大部分。日后若有馀暇，自当再读一些书，扩大篇幅，续写此篇。

第七分册，内收《无为集》一种。

以上各册收入的文章，大都属于所谓学术论文一类。但我还曾写过许多其他类型的文字，如自述写作心得的随笔，一些著作的序跋，对师辈的追忆，对某些问题的感想，无不寄寓着我的一份心思，似乎也有公之于世的价值。于是归为一集，公开出版。

此集取名为“无为”，其中寓意，我在序言中已有说明。“无为而无不为”，这是古语，也是今日之我的写照。本是一个无足轻重的人，“碌碌无为”，而又东涂西抹，什么东西都写，这就有了“无不为”之意。比之前面几册中的文字，或许显得杂乱一些，但也反映了我学问中的一个方面，或许还有另外一种味道可供咀嚼。

“写作一得”，实为“夫子自道”。考虑到我们这一辈人的经历极为奇特，政治运动不断冲击学术，思想斗争尖锐复杂，一个小知识分子在艰难困苦的环境中如何从事著述，或许也可为这一时段的中国学术史提供一些真实的写照。例如我在“评法批儒”时对参加法家著作《韩非子校注》编撰的一些回忆，当可作为离奇曲折的野史来读。

我把早年写作的三篇文章放在最后，寓有“慎终于始”之意。从中国文字改革委员会的干部变为南京大学中文系的一名教师，这是我人生道路上的一大转折。何以重回母校，原因很多，难以细说，但我工作三年之后发现自己原来属于语言上的低能，也是我回头继续学习的原因之一。但早年的历史毕竟值得留恋，也可为我存一记录。文中反映的内容，或许也有值得他人参考的地方。《禹鼎考释》一文，与学长谭优学兄合作写成，这在《文集》中是独一无二的仅有之例。早年伙伴，历经风雨，而友谊常青，值得珍惜。收入这一文字，还寄寓着两位白发门生对老师的一份情意。

我的另一些著作，如《唐语林校证》，主编的《唐诗大辞典》《唐人轶事汇编》，主持的《册府元龟》点校本等项，因与论述性的学术著作有别，不收入《文集》之中，这里也就不作介绍了。

以上我对旧文一一作了概括的介绍，也就是对个人的一生作了回顾。其中有辛苦，也有欢乐，真所谓欣慨交集。人生多艰，我自年轻时起就体弱多病，初中时，生中医所说的“流痰”，俗称“流痰不留命”，母亲为此不知流了多少眼泪。自高中起接连生了八年肺病，家中为了治病，经济濒于崩溃，只是仰仗父母的慈爱，兄长的百般爱护，妹妹的悉心护侍，才能苟延一息。正当家庭在高利贷的压榨下急遽没落之时，国民党溃逃，迎来了新中国的成立，我这才有机会进入南京大学学习，还因此而养好了肺病。但个人发展的道路上仍然荆棘丛生，日趋严重的“极左”思潮，一浪高过一浪的政治运动，还有什么“厚今薄古”，“越是精华，越要批判”等歪理，老是让人晕头转向。十年动乱，把学术界扫成了一片荒漠。我的黄金时代，就是这么七颠八倒地被消磨殆尽。所幸历尽沧桑，“极左”思潮的危害暴露无遗，国人痛定思痛，这才迎来了改革开放的新时期。假、大、空的学风，逐步退出历史舞台。我的著作和文章，有了发表的机会。知识分子必须熬过“文化大革命”的黑暗时期，对此我深有所感。

时代丕变，个人情况也发生了很大变化，过去我连小组长都没有当过，自80年代起，不断出任行政要职，社会活动也急遽增加。会议多了，约稿多了，这时又产生了新的烦恼。自知写得太多，读的太少，难有新的提高和突破，但形势如此，也只能随着时代的洪流前进。况且年过半百，承上启下，应该挑起振兴本学科的重任。这样忙忙碌碌过了一二十年，转眼已是白头。江苏古籍出版社嘱我编纂《文集》之时，已届古稀之年。人生实难，在备历艰辛之后作一小结，也可作为人生一个重要阶段的驻足之点。对个人来说，具有永久性的纪念意义。

但我献出此书时，仍有忐忑不安之意，生怕文中留下不应有的错误，贻害读者。一名高等学校的教师，自当从事学术研究，进行文化交流，这样才能提高教学水平，也才算是为提高国家整体的文化水平尽到了应有的责任。但我工作上变化太多，常是精力分散，从事著述时，准备工作不足，仓促上阵，难免不生错误。因此，我在文章完成后，总想请人看看，尽可能地减少一些错误。《文集》中附入了几张稿纸，保留着小石师和孙望、洪诚、程千帆诸先生在上面批改的文字。我从取回文章时起，就感受到了这些文字中包含着的温情，正是他们的指导，帮助我一步步提高了学识。今日附入拙稿，也想以此作为对他们的一种纪念。

学识的提高永无止境。平时翻看旧稿，总是把发现的问题及时记下，这次出版《文集》，自然改掉了一些原先的错误。假如参考了他人的意见，有所修改，则用附注的方式提示。

庄子曾说“生也有涯，而知也无涯”，实为哲人的睿智之言。这七册文集，无异大海中的一滴水珠。但古训中也有泰山不让土壤、河海不择细流之说，只要自己的这一滴水珠能够融入知识的海洋，也就不虚此生了。目下年事日高，而健康尚可，社会事务日益解脱，自当利用大好时光，多读些书，再作思考，为《文集》的补益拓展而继续奋斗。

目　录

序

谨以此书纪念导师胡小石(光炜)先生。

小石师是当代文史研究领域内的著名学者。早在1921年任教北京女子高等师范学校时,即以人神恋爱的新说解释《楚辞》中的许多爱情描写,曾把《楚辞》研究工作推进一大步。其后更从神话、宗教、名物、训诂等方面广为阐发,创获很多。我在50年代初从他受学,50年代末又回母校当他的研究生,后因工作需要中断了学习,但还是在他的指导下完成了这书的初稿。其中很多重要论点,得之于先生的启发;书稿完成后,还曾送请他审读一过,蒙慰勉有加,并惠予题签。其后由于种种原因,这类谈神说鬼的文字,自然无法问世;今在"双百"方针的光辉照耀下,获得了出版的机会,只是岁月飘忽,先生去世也已多年了。今日虽已不能再将此书敬呈师门请益,然发蒙启迪,以臻于小成,眷眷此心,无时或忘。抚今追昔,枨触多端,故略叙缘起,聊寓哀思。书中间与各家有商榷处,则不是先生的意思,而是鄙意不敢苟同,愿向各家有所请益。书中涉及的学者人数较多,对于我平素尊崇的一些前辈也未能一一加上尊称,这也是需要加以说明且乞谅的。

周勋初识于南京大学中文系

1983年

一、引言

每年端午，全国许多地方的人民，为了纪念伟大的爱国诗人屈原，都忙着裹粽子，赛龙舟，热烈举行各项传统的纪念仪式。而且这种风俗还远播海外，诸如南洋各地，一些华侨聚居的地方，逢此佳节照例也要热闹一番。这是一种极为罕见的现象。一个死去已过两千多年的文人，仍然受到后人如此爱戴，在中国文学史上，恐怕还没有第二个人享受过这么广泛而且悠久的荣誉。

这种盛况为什么能历久弥新？原因当然很多。屈原的高贵品质，永远值得后人敬仰；他的艺术成就，永远值得后人学习。后代文人经常援引汉初淮南王刘安的一段话来加以称颂："《国风》好色而不淫，《小雅》怨悱而不乱，若《离骚》者，可谓兼之。蝉蜕浊秽之中，浮游尘埃之外，皭然泥而不滓。推此志，虽与日月争光可也。"①这在过去是对一个文人所能作出的最高评价，在历史上恐怕也是绝无仅有。

我国自古以来"风""骚"并称，以此作为文学的代名词。屈原是"楚辞"这一文体的奠基者，他写下了数量众多的优秀诗篇，诸如《离骚》《九歌》《天问》《招魂》以及《九章》中的一些篇章，都是传诵千古的名作。历代文人无不向之学习，作为重要的文学源头，从中汲取丰富的滋养。刘勰在《文心雕龙·辨骚》篇中叙及屈原对后代文学的影响时说：

---

① 班固《离骚序》引，并见《文心雕龙·辨骚》。这段文字，司马迁首先引用于《史记·屈原列传》，但没有说明这是刘安的评语。

……故其叙情怨，则郁伊而易感；述离居，则怆怏而难怀；论山水，则循声而得貌；言节候，则披文而见时。是以枚〔乘〕、贾〔谊〕追风以入丽，〔司〕马〔相如〕、扬〔雄〕沿波而得奇，其衣被词人，非一代也。故才高者菀其鸿裁，中巧者猎其艳辞，吟讽者衔其山川，童蒙者拾其香草。……

不过屈原的时代距离现在毕竟太远了，因而关于他的历史，后人已不十分清楚；关于他的作品的真伪，也发生了很多异说。尤其是那几篇脍炙人口而又凄迷隐约的《九歌》，更是众说纷纭，难以确论。自近代以来，不断出现各种新说，试图阐明《九歌》的来源和性质，但见仁见智，至今似乎还未得出一致的意见。

《九歌》的篇幅虽然短小，但内容却极为丰富。它描写了许多神祇的活动，因而具有神话学上的价值；它与古代的祭祀典礼有关，因而牵涉到了宗教学上的问题；它反映了古代人民的原始信仰，因而与民俗学发生关系；它是杰出的抒情诗篇，因而在文学史上占有光辉的一页。我们认为，要想全面地了解《九歌》，就得进行综合的研究，才能对它的来源和性质作出科学的结论。我们对《九歌》中存在的问题进行了一些新的考索，并和各家展开商讨。这只是一种新的尝试，所用的方法是否科学，得出的结论是否正确，还有待于方家的指正。

二、《九歌》异说综述

历代解释《九歌》的异说很多。这些学说往往随着时代的前进而演变。近百年来，中国的社会性质起了急剧的变化，思想界也随之经历着深刻的变革，《九歌》的研究工作出现了同样的情况。各种说法层出不穷，似乎出现了很混乱的局面，但是我们如果仔细地加以考察，则又可以发现这些学说的内容实则也有其相通之处。因为文学的研究工作情况很复杂，这里固然有发展的问题，同时也有它继承的问题，后人总要利用前人积累下的思想资料，吸收其他学术领域中的研究成果，才能开创新的局面。因此，研究工作者在从事新的探讨时，总结前人的研究成果，明确其得失之所在，也就成为十分必要的了。下面先对历代解释《九歌》的几种主要学说作些介绍，对前人的研究成果作一小结，然后提出自己的见解。

忠君爱国说

在整个封建社会中，对后代影响最大的两种“楚辞”注本，是东汉王逸的《楚辞章句》和南宋朱熹的《楚辞集注》。王逸又是第一个传下“楚辞”注本的人，他的意见，对后人自然影响更大。

王、朱二人对《九歌》性质的看法很近似。

《九歌》者，屈原之所作也。昔楚国南郢之邑，沅、湘之间，其俗信鬼而好祠。其祠必作歌乐鼓舞以乐诸神。屈原放逐，窜伏其域，怀忧苦毒，愁思沸郁。出见俗人祭祀之礼，歌舞之乐，其词鄙陋，因为作《九歌》之曲。上陈事神之敬，下见己之冤结，托之以风谏，故其文意不同，章句杂错，而广异义焉。（《楚辞章句》卷二）

《九歌》者，屈原之所作也。昔楚南郢之邑，沅、湘之间，其俗信鬼而好祀。其祀必使巫觋作乐，歌舞以娱神。蛮荆陋俗，词既鄙俚，而其阴阳人鬼之间，又或不能无亵慢淫荒之杂。原既放逐，见而感之，故颇为更定其词，去其泰甚，而又因彼事神之心，以寄吾忠君爱国眷恋不忘之意。是以其言虽若不能无嫌于燕昵，而君子反有取焉。（《楚辞集注》卷二）

他们都认为《九歌》之中含有忠君爱国的大道理，只是王逸认为《九歌》是屈原的创作，朱熹则认为《九歌》后经屈原写定。大约朱熹感到《九歌》的内容偏于“阴阳人鬼之间”，把它说成民间原有的歌词，屈原只是作了加工改写，似乎更为圆到一些。像王逸《序》中所言，则是把《九歌》看成和《离骚》同样性质的东西，有的地方就不太好解释。《离骚》是用第一人称写成的，所以“济沅、湘以南征兮，就重华而陈词”；“吾令丰隆乘云兮，求宓妃之所在”；“望瑶台之偃蹇兮，见有娀之佚女”，这就正是“上陈事神之敬，下见己之冤结，托之以风谏”的手法。《九歌》不然，十一篇作品都是用第三人称写成的，里面没有主观抒情的成分。“上陈事神之敬”，或许还有可说；“下见己之冤结，托之以风谏”，如果落实到字句上，那就难以避免牵强附会的弊病。朱熹在王氏旧说的基础上稍微改变一下论点，就可以避免《章句》之中过于穿凿的缺陷。

王逸对产生《九歌》的原因作出的说明看来没有什么可靠的材料作为依据。所谓“昔楚国南郢之邑，沅、湘之间，其俗信鬼而好祠”云云，可能只是根据当时民间习俗推论出来的拟测之词。

和中原各国比较，楚国的文化发展稍迟，原始宗教信仰的习俗保存得比较广泛，举国上下，巫风很盛，这在古代文献中屡见记载。

《吕氏春秋·孟冬纪·异宝》："荆人畏鬼而越人信禨。"

《淮南子·人间》："荆人鬼，越人禨。"

《汉书·地理志下》："〔楚地〕信巫鬼，重淫祀。"

《后汉书·宋均传》："调补辰阳长，其俗少学者而信巫鬼。"

《隋书·地理志下》："大抵荆州率敬鬼，尤重祠祀之事。"

元稹《赛神》："楚俗不事事，巫风事妖神；事妖结妖社，不问疏与亲。"(《元氏长庆集》卷三)

《旧唐书·刘禹锡传》："贬朗州司马。地居西南夷，土风僻陋，举目殊俗。……蛮俗好巫，每淫祠鼓舞，必歌俚辞。"

《湖南风土记》："长沙下湿，丈夫多夭折。俗信鬼，好淫祀。"(乐史《太平寰宇记》卷一百十四"潭州·风俗"下引)

王逸是南郡宜城人。他在《九思序》中说："逸与屈原同土共国，悼伤之情与凡有异。"因此他拿自己的心情，揣度屈原的心情；拿自己的所见，假设屈原当年"出见俗人祭祀之礼，歌舞之乐"，因而产生了《九歌》。应该说，讨论这些篇章而以楚地盛行的巫风作解释，本无大错，但王逸对《九歌》中叙及的神鬼未能从宗教与神话的角度一一辨析其特性，只就目之所见泛泛地作出推论，这样作出的说明，缺乏科学根据，结论并不可信。朱熹是徽州婺源人，早年又侨寓建阳，他一直生活在南方，对楚地的巫风也有亲身的体验，因而为《九歌》作序时大部分的文字沿袭王逸旧说，也就难以避免《章句》之中固有的缺点。

忠君爱国，这是封建主义伦理道德观念的最高原则。以此加在以身殉国的诗人身上，本是合适的评语。因为它与屈原的思想符合，粗粗看来，和屈原的行迹也契合，因而易为封建社会中的学者所接受，后人大都沿袭此说。只是如何具体解释《九歌》中的字句，把王逸的说法贯彻其中，一一落实，各家的说法又有不同了。

许多学者煞费苦心，运用古代所谓“比兴”说诗之法，曲解《九歌》中的词句，证明其中都寓有深意，例如清代的戴震就曾拟测过《九歌》各篇中的微言大义。他说：

> 《九歌》，迁于江南所作也。昭诚敬，作《东皇太一》。怀幽思，作《云中君》，盖以况事君精忠也。致怨慕，作《湘君》《湘夫人》，以己之弃于人世，犹巫之致神而神不顾也。正于天，作《大司命》《少司命》，皆言神之正直，而惓惓欲亲之也。怀王入秦不反，而顷襄继世。作《东君》，末言狼、弧，秦之占星也，其辞有报秦之心焉。从河伯水游，作《河伯》。与魑魅为群，作《山鬼》。闵战争之不已，作《国殇》。恐常祀之或绝，作《礼魂》。（《屈原赋注》卷二《九歌序》）

这种说法未免言之过凿。例如他在具体解释《大司命》《少司命》时说：“《论语》曰：‘道之将行，命也；道之将废，命也。’怀王初甚任屈原，后乃以谗疏黜之，故二歌并托于与司命离合为辞。天之司命，亦犹下之居位大臣，所以有‘与君齐速’及‘宜为民正’之语。”又如他在具体解释《河伯》时说：“屈原之歌河伯，歌辞但言相与游而已。盖投汨罗之意已决，故曰‘灵何为兮水中’，亦以自谓也；又曰：‘波来迎’‘鱼媵予’，自伤也。”可见这种学说的根本缺陷在于不能认识《九歌》的神话性质。在原始信仰的基础上产生的人神恋爱，亦真亦幻，幻中见真，似乎超出了尘世，却又充塞着人间的感情。戴氏无法理解《九歌》的这种特点，却想一一用屈原的“眷顾怀王”“怨恶椒兰”去比附，非但显得扞格难通，而且近于大煞风景了。

有的学者看出了此中存在着障碍，不敢过于臆断，于是采取灵活的态度，措词留有馀地。蒋骥在《山带阁注楚辞》的《楚辞馀论·卷上》中说："《九歌》之托意君臣，在隐跃即离之际，盖属目无形者，或见其意之所存，况睹其形之似者乎？有触而发，固其理也，必欲句栉字比以求合之，则刓方为圆矣。"说明他已看到穿凿说诗的弊病，如他在《东皇太一》一章的《序》中说："《九歌》所祀之神，太一最贵，故作歌者但致其庄敬，而不敢存慕恋怨忆之心，盖颂体也。亦可知《九歌》之作，非特为君臣而托以鸣冤者矣。朱子以为全篇之比，其说亦拘。"然而他仍不能彻底背离王、朱之说，只是修修补补，从而又陷入了进退失据的困境。如他在《九歌序》中标明主旨时就说："〔《九歌》〕本祭祀侑神乐歌，因以寓其忠君爱国、眷恋不忘之意，故附之《离骚》。或云楚俗旧有辞，原更定之，未知其然否也。"足以说明蒋骥思想上的混乱。他对传统的说法有所怀疑，然而提不出新的解说，无力形成完整的见解。

戴震恪守传统，蒋骥力求折衷，不能摆脱王、朱羁绊。但早在明代，也已有一些识见高明的学者，不愿拘守王、朱旧说，对此提出疑问了。

汪瑗说：

> 屈子《九歌》之词，亦惟借此题目漫写己之意兴，如汉、魏乐章、乐府之类……其文意与君臣讽谏之说全不相关，旧注解者多以致意楚王言之，支离甚矣。(《楚辞集解·九歌序》)

王夫之说：

> 熟绎篇中之旨，但以颂其所祠之神，而婉娩缠绵，尽巫与主人之敬慕，举无叛弃本旨，阑及己冤。……(《楚辞通释》卷二)

这些学者已经完全抛弃了传统的说法，但因时代所限，新的学术思想还未形成，因而不能提出新的学说作出解释。辛亥革命后，西洋资产阶级学术思想不断传来，封建主义学术思想日趋衰微，所谓“忠君爱国”之说，也就益发失去市场了。大家都不再相信汉、宋学者的旧说，改从民间祭歌方面着眼了。

民间祭歌说

清代末年，严复翻译了赫胥黎的《天演论》，介绍引进了资产阶级进化论的学说，曾在学术界的各个领域起过很大的影响。在文学问题上，随之也兴起了进化的观点。这时也已出现了重视民间文学的观点，认为各种文体的形成，都由民间文学作为嚆矢。这样，随着上述几种观点的出现与形成，在《九歌》问题上也就产生了新的学说。

按照文学发展史上的一般通例，每一种文体的形成，起先总是出现短句，其后才会发展成长句；其先总是出现篇幅短小的作品，其后才会发展成篇幅巨大的作品。但在屈原的伟大作品《离骚》出现之前，却正缺少一种短句、短章的东西，于是那些本有异说的《九歌》，便被考虑用作“楚辞”发展史中的桥梁，用来填补自《越人歌》《接舆歌》《孺子歌》到《离骚》《九辩》之间所出现的一段空白了。胡适首先提出这样一种论点，他先后曾说：

> 《九歌》与屈原的传说绝无关系，细看内容，这九篇大概是最古之作，是当时湘江民族的宗教舞歌。①

---

① 胡适《读楚辞》，《胡适文存二集》第一卷第 144 页，上海亚东图书馆 1922 年版。

（一）若《九歌》也是屈原作的，则“楚辞”的来源便找不出，文学史便变成神异记了。（二）《九歌》显然是《离骚》等篇的前驱。我们与其把这种进化归于屈原一人，宁可归于“楚辞”本身。①

陆侃如随即附和此说。他说：

我们只消把《楚辞》约略研究一下，便可知《离骚》等篇确是从《九歌》演化来的。篇幅的扩张，内容的丰富，艺术的进步，都是显而易见的事实。我们若懂得一点文学进化的情形，便知这个历程决不是一个人在十年二十年中所能经过的。……至于他们的时代，大约在前五世纪；因为在形式上看来，他们显然是楚语古诗与《离骚》间的过渡作品。②

这种新起的意见，在当时来说，曾把“楚辞”的研究工作推进一步。因为他们能从历史发展的角度观察问题，而且把握住了“楚辞”文艺创作的特点，比起封建学者横加比附的臆断作风，显得合理多了。然而这种学说得出的结论仍然缺乏科学的根据，因为他们的研究方法带有形而上学的缺点。“民间祭歌”这个结论并不是从研究具体材料自然得出的。他们先树立起文学进化的一般原则，然后拿具体材料去凑合，只是他们对文学上的许多复杂现象不作具体分析，没有估计到情况的多种可能性，因而论证之时往往违反一般逻辑规律。照常例说，某种文体，在其形成阶段，如果还只出现短句短篇的东西，那时的作家

---

① 陆侃如记述，见《屈原评传》，载陆著《屈原》第121页，上海亚东图书馆1922年版。

② 陆侃如《屈原评传》，《屈原》第121—122页。

固然不能突然写出长句长篇的作品，但当这种文体已趋成熟，已经出现长句长篇的作品，那时的作家在写作长句长篇的东西的时候，尽可以同时写作短句短篇的作品。因此，处在战国中后期的屈原，既有可能写出像《离骚》之类长句长篇的宏伟的作品，同时也并不妨碍他写出句子较短篇幅较小的《九歌》。如拿后代的情况来说，唐代的伟大诗人杜甫，既写有像《自京赴奉先县咏怀五百字》《北征》《洗兵马》《乾元中寓居同谷县作歌七首》《壮游》这样一些波澜壮阔的作品，也写有像《赠花卿》《武侯庙》《八阵图》《江南逢李龟年》这样一些短小精悍的文字，那我们是否可以只肯定其前者的写作权，而断言《八阵图》之类的作品非杜甫所作呢？至于说到作品之间形式上的某些差别，这也不能用来说明问题，因为一个伟大的作家本来就能写出许多格局不同的作品，我们又怎能拿衡量一般文人的尺度来否定屈原杰出的创作才能呢？况且《离骚》与《九歌》的风格甚为近似，这是古今文士一致无异词的。

不过"民间祭歌"说毕竟起来代替了"忠君爱国"说，这是时代发展的必然结果，况且后一说的解释毕竟更合情理，易于为人接受。

楚郊祀歌说

西方资产阶级的各种学说不断传来，一些学者系统地学习了宗教学与民俗学等新的学说，发现民间祭歌说中含有根本的缺陷，那就是《九歌》中的一些神祇，按理来说，不能由楚国南鄙之人来祭祀，因而上述说法实难成立。于是他们根据祭祀制度的原理，另立新说，阐释《九歌》的性质。这种考辨工作曾把"楚辞"研究推进到另一个新的水平。

不论在奴隶社会或在封建社会之中，都曾制订严密的身份等级制度。统治阶级制订出种种烦琐的礼制，作为各个阶级或不同阶层行动的准则，藉以达到"上下有序、贵贱有等"的目的。况且古代社会之中，所谓“国之大事，在祀与戎”，祭祀制度特别受到重视。统治阶级把各个阶级或不同阶层所能祭祀的范围，所能施行的祭典，规定得都很详细，这在先秦两汉的典籍中数见不鲜，下面引用一些这方面的材料作为例证：

《国语·晋语八》：“夫鬼神之所及，非其族类，则绍其同位。是故天子祀上帝，公侯祀百辟，自卿以下，不过其族。”

《公羊传》僖公三十一年：“天子祭天，诸侯祭土。天子有方望之事，无所不通。诸侯山川有不在其封内者，则不祭也。”

《礼记·曲礼下》：“天子祭天地，祭四方，祭山川，祭五祀，岁遍。诸侯方祀，祭山川，祭五祀，岁遍。大夫祭五祀，岁遍。士祭其先。”

《礼记·祭法》：“有天下者祭百神。诸侯在其地则祭之，亡其地则不祭。”

《礼记·王制》：“天子祭天地，诸侯祭社稷，大夫祭五祀。天子祭天下名山大川，五岳视三公，四渎视诸侯。诸侯祭名山大川之在其地者。天子诸侯祭因国之在其地而无主后者。”

这是见之于古代典籍的一些记载。可能有人会说，这些整齐划一的规章制度，北方各国或许实施过，南方楚国与此不同，他们向来不受宗周礼制的约束，并且有其特殊的文化系统，因而这些规定未必曾在楚国实行过。这是一种合乎情理的诘难。但是我们也应了解到，自西周起，楚国和中原各国不断交往，已经深受中原文化的影响，时至战国中后期，南方的楚国和北方的中原各国所处的社会发展阶段已经大体相当，由于产生礼制的背景相同，都受同样的宗教原理所支配，因此楚人所遵从的礼制，就拿祭祀典礼来说，与北方各国实施者区别不大。这在先秦古籍中也有明文记载。

《国语·楚语下》记观射父曰:“古者先王日祭月享,时类岁祀。诸侯舍日,卿大夫舍月,士庶人舍时。天子遍祀群神品物,诸侯祀天地三辰及其土之山川,卿大夫祀其礼,士庶人不过其祖。”

《国语·楚语上》记申叔时教育太子的方法和经典,与中原各国所用者大体相同;屈建论祭典中的供品,亦与北方各国的规定大体相同。又 1953 年长沙仰天湖出土竹简四十三枚,乃生人赠送死者的物品清单,据叶恭绰说,此即《仪礼》中的“遣策”。[①] 凡此可证战国时楚国贵族遵从的礼制与北方各国所曾实施者已无多大差别。

考察上述情况之后,也就可以得出如下结论:古代的人所能祭祀的范围,随其阶级地位的高低而决定。由此看来,《九歌》中的许多天神与地祇,显然不是普通的百姓所能祭祀的了。闻一多、孙作云等人就是援引了前面举出的某些材料,试图推翻民间祭歌说。

既然《九歌》不可能是楚国沅、湘之间的民歌,那它又是什么东西呢? 闻、孙等人仍然认为《九歌》的性质是祭歌,但非民间所能祭祀,按照礼法规定,只能把它提升到楚国的宫廷中去。因为按照祭典上的规定,只有楚王才有资格祭祀这些天神、地祇和人鬼。就是这样地,“楚辞”研究中又兴起了所谓《九歌》为楚郊祀歌的新说。

闻一多说:

东皇太一是上帝,祭东皇太一即郊祀上帝。只有上帝才够得上受主祭者楚王的专诚迎送。其他九神论地位都在王之下,所以

---

① 湖南省文物管理委员会《长沙仰天湖第二十五号木椁墓》,载《考古学报》1957 年第 2 期。参看史树青《长沙仰天湖出土楚简研究》,上海群联出版社 1955 年版。

典礼中只为他们设享，而无迎送之礼。[①]

根据纯宗教的立场，十一章应改称“楚郊祀歌”，或更详明点，“楚郊祀东皇太一乐歌”，而《九歌》这称号是只应限于中间的九章插曲。[②]

这种说法实际上已经否定了民间祭歌说。不过闻氏的说法比较含蓄，没有直接加以批判罢了。他的学生孙作云就不同了，他写有《九歌非民歌说》一文，里面明确说道：

我以为《九歌》是楚国国家祀典的乐章，与平民无关。[③]

这种“楚郊祀歌”说兴起之后，与“民间祭歌”说形成并峙局面，但二者之间似乎没有发生什么深刻的论争，因而其后一直并行不悖。

这种理论应该怎样认识呢？

我们认为，拿礼制上的规定来研究问题，不失为有得之见。在前资本主义的阶级社会中，确是会出现种种伴随着身份等级制度而出现的礼制。这决不能用一笔否定古籍记载的态度来加以抹煞。问题倒是在于，应该研究这些制度究竟贯彻到何种程度。

不容否认，古代确曾实行过礼书中的某些规定。

《论语·八佾》：“季氏旅于泰山。子谓冉有曰：‘女弗能救

① 闻一多《什么是九歌》，《神话与诗》（闻一多全集选刊之一）第267页，古籍出版社1956年版。

② 同上，第369页。

③ 孙作云《九歌非民歌说》，清华大学中国文学会编《语言与文学》，中华书局1937年版。

与？’对曰：‘不能。’子曰：‘呜呼！曾谓泰山不如林放乎’？”何晏《集解》引马融曰：“旅，祭名也。礼，诸侯祭山川在其封内者，今陪臣祭泰山，非礼也。”

《说苑·脩文》：“韩褐子济于河。津人告曰：‘夫人过于此者，未有不快用者也，而子不用乎？’韩褐子曰：‘天子祭海内之神，诸侯祭封域之内，大夫祭其亲，士祭其祖祢。褐也，未得事河伯也。’津人申楫，舟中水而运。津人曰：‘向也，役人固已告矣，夫子不听役人之言也；今舟中水而运甚，殆治装衣而下游乎！’韩子曰：‘吾不为人之恶我而改吾志，不为我将死而改我义。’言未已，舟泆然行。”

结合以上二例加以考察，可以作出下列推断：东周之时，在上层建筑之内确有严密的祭祀制度。一些遵守礼法的封建士大夫，把这些原则看得非常重要，但是一些肆行僭越的领主贵族却已在自行破坏上述种种限制了。从下面两个例子中可以看到，下层百姓也不把这套礼制看得怎么重要。他们不但祭祀山川之神，而且祭祀某些新产生的特殊的神。

褚少孙补《史记·滑稽列传》：“魏文侯时，西门豹为邺令。豹往到邺，会长老，问之民所疾苦。长老曰：‘苦为河伯娶妇，以故贫。’豹问其故，对曰：‘邺三老、廷掾常岁赋敛百姓，收取其钱得数百万，用其二三十万为河伯娶妇，与祝巫共分其馀钱持归。当其时，巫行视小家女好者，云是当为河伯妇，即娉取。洗沐之，为治新缯绮縠衣，闲居斋戒；为治斋宫河上，张缇绛帷，女居其中。为具牛酒饭食，行十馀日，共粉饰之，如嫁女床席，令女居其上，浮之河中。始浮，行数十里乃没。其人家有好女者，恐大巫祝为河伯取之，以故多持女远逃亡。以故城中益空无人，又困贫，所从来久远矣。民人俗语曰“即不为河伯娶妇，水来漂没，溺其人民”云。’”

《史记·白起列传》："〔武安君白起〕死而非其罪，秦人怜之，乡邑皆祭祀焉。"（并见《三国志·魏书·邓艾传》）

上面两个例子，与祭祀制度中所谓"自卿以下，不过其族"之说不合。由此可以推知，礼书上的那些规定，或许曾经行之于一时一地，在统治阶级内部可能部分实施过，但在下层百姓中却不见得曾经起过严格的限制作用。古代本有所谓"礼不下庶人"（《礼记·曲礼上》）之说，对老百姓而言，礼制的束缚本来就比较微弱，因此拿祭祀典礼上的规定来否定民间祭歌之说，理由就不见得很充分。这也说明，楚郊祀歌说者虽然感觉到了民间祭歌说中存在着问题，但对此作出的批判没有打中要害，因而还有深入辨析的必要。

但持楚郊祀歌说者却在设想祭祀场面上下了许多功夫。说起郊祀大典，当然会想到汉代的仪式，这时的礼制记载得很完整，于是就有一些人试作种种比较，他们果然发现了二者原来确是同出一源。

闻一多说：

"赵代秦楚之讴"是汉武因郊祀太一而立的乐府中所诵习的歌曲，《九歌》也是楚祭东皇太一时所用的乐曲，而《九歌》中九章的地理分布，如上文所证，又恰好不出赵代秦楚四国的范围，然则我们推测《九歌》中九章即《汉〔书·礼乐〕志》所谓"赵代秦楚之讴"，是不至离事实太远的。（《什么是九歌》）

孙作云说：

我以为〔汉〕《郊祀歌》十九章原文都有兮字，格调与《九歌》全同。至于内容方面，《郊祀歌》与《九歌》相似的地方，可分三点来说：

（一）曰一般辞句的雷同。……

（二）曰《练时日》与《赤蛟》等于《东皇太一》与《礼魂》。……

（三）曰祀神的类似。……

由以上三点看来，《郊祀歌》之脱胎于《九歌》，是不成问题的。（《九歌非民歌说》）

楚郊祀歌说由于研究汉代的礼制而益明。但从这种研究方法之中，却也泄露出了他们立论的秘密，原来他们就是根据汉代的祭祀制度而类推到楚国的宫廷中去的。只是这里也还存在着许多未曾作出解释的疑难：要说楚国宫廷之中也有"赵、代、秦、楚"之神，那么前面三地的神祇是否能为楚君所祀？要说楚国的主神是东皇太一，那么这位至上神是否就是汉代的太一？汉承秦制，秦国没有接受楚人的祭祀典礼，那汉代的宫廷之中是否可能全盘上承楚人的祭祀典礼？……楚郊祀歌说由于参考了汉郊祀大典而构拟成秩序井然的体系，然而由于它对上述问题未能作出科学的解释，仍然不能使人信服。

但"楚郊祀歌"说要比"民间祭歌"说更合宗教原理，故而产生之后，随即吸引了很多读者，至今仍有不少学者信从此说。这种学说成了《九歌》研究中影响很大的一个流派。

汉人写作说

《九歌》异说的发展，可并不到此为止。30年代中期之后，一些接受疑古学派影响的人，进而提出《九歌》为汉人所作的新说。徐中舒和孙楷第都曾著文论述，孙楷第和许文雨之间还展开过反复的争辩。[①]但持这种主张最力的，当推何天行和朱东润二人。何天行著《楚辞新考》，朱东润著《楚辞探故》，对此作了长篇的考证。[②] 何氏更进而否定历史上曾有屈原其人，从根本上排除了战国时有出现《九歌》的可能。

按最早否定历史上曾有屈原其人者，当推清末民初的廖平。他著有《楚辞讲义》一书，以为《离骚》乃秦始皇博士所作的《仙真人诗》，但此乃今文经学家的谬说，立论妄诞，不足取信于人。胡适也怀疑过历史上曾有屈原其人，[③]但没有作出什么具体的论证，产生的影响还是有限的。何天行等人力图推翻贾谊、刘安、司马迁、刘向等人有关屈原的记载，然后利用汉代文献上的一些材料，加以附会，把《离骚》的著作权归之于淮南王刘安，把《九歌》的写作年代移至汉武帝时。何天行说：

> 《九歌》中十一篇必同是武帝时的作品，而《国殇》的作期略后，作《东皇太一》的时间略前而已。至于这几篇作品的流传，大

---

① 徐中舒《九歌九辩考》，载华西协合大学《中国文化研究所集刊》第1期，1940、1941年发行。孙楷第《九歌为汉歌辞考》，载上海《大公报》1946年《文史周刊》第八期，后收入《沧州集》卷五，中华书局1962年版。许文雨《读孙楷第〈九歌为汉歌辞考〉》，上海《大公报》1947年9月24日《文史周刊》四十八期。孙楷第《再论九歌为汉歌词》，载《学原》第二卷第四期，1948年8月。

② 何天行《楚辞新考》，初收入吴越史地研究会编《楚词研究》一书，1938年6月版；后何氏将这文章修改增订，取名《楚辞作于汉代考》，1948年4月改由中华书局出版。朱东润《楚辞探故》内有文章四篇，篇名为《楚歌及楚辞》《离骚底作者》《淮南王安及其作品》《离骚以外的"屈赋"》，分别载于《光明日报》1951年3月17日(《学术》第32期)、3月31日(《学术》第33期)、4月28日(《学术》第35期)、5月12日(《学术》第36期)；此四文后又收入作家出版社编辑部编《楚辞研究论文集》，作家出版社1957年版。

③ 胡适《读楚辞》。

约到西汉之末才有人注意它，于是将它收入《楚辞》里面。

至于《九歌》的作者，我们推断他是武帝时司马相如等人所作的。①

朱东润说：

从《东皇太一》至《河伯》八篇及《礼魂》一篇，大致作于汉武帝时或其后。②

何、朱等人立论的根据，是以为《九歌》中所反映的景物，不类春秋、战国之时所有；叙及的名物制度，都是汉代的东西。他们也曾列出一些例证，如说太一之祠应起于汉代；《九歌》中云中君、东君、大司命、少司命、河伯、堂下诸祠与祀神，均西汉时所有；《九歌》中的"未央"与"寿宫"，均汉代所有宫殿；《九歌·湘夫人》中的"椒房"与"紫坛"，均属汉代宫室等等。看了这些考证之后，就可以知道他们立论的根据，并不难发现他们思想方法上的片面性了。因为他们只是着眼于将《九歌》中的材料和汉代的文献作比附，凡有类似之处，那就将前者的年代拉后，而对这些材料何以不能产生于战国之时则不再作出解释。例如汉代宫廷之中固然有太一、云中君、东君等祠祀，但为什么根据这些材料就可断言屈原不能写作有关这些神祇的作品？汉代自有"未央""寿宫"等建筑，但在先秦典籍中，除《九歌》外，也已多次出现"未央"与"寿宫"等词汇，屈原又为什么不能把它们写进作品中去？……何、朱等人对此避而不谈，只是一味自我申述，也就难以取得令人信服的效果。

① 何天行《楚辞作于汉代考》第92页。

② 朱东润《离骚以外的"屈赋"》。

他们又举《国殇》为例，认为只有到了汉武帝与匈奴作战时才能有这样广阔的战场，兵士才能使用"秦弓""吴戈"之类的武器，但历史事实却并非定然如此，战国中后期时战争的规模本已相当巨大，楚国完全可以采用或仿制他国的先进武器作战，屈原写作《国殇》时，还可以发挥文学上的想象和夸张，选用与众不同的词汇，设想规模巨大的场面，这里何、朱等人又没有作出完美的解释，屈原这位伟大的浪漫主义诗人何以不能享有创作构思上的充分自由？

而这种学说中最难令人接受之处，也就是他们中的一些人利用主观臆断的粗率考证，妄图否定历史上曾有屈原其人。在"楚辞"系统的书籍之外，先秦古籍上固然不见有关屈原的记载，但汉初的贾谊、刘安等人对此都有明确的记叙，贾谊的生活年代上距屈原之死不过百年左右，他在任职长沙时，甚至还有可能遇到见过屈原的老人；刘安于汉文帝十六年时封为淮南王，其地正当楚之故都寿春，这时上距楚之覆灭不过五六十年，自然能够通过人和物而了解到屈原的生平历史。司马迁和刘向都是汉代最博学的人，他们的记叙，虽因年代悠隔，史料残缺，间或有疏漏或抵牾之处，但这也是古史记载中常见的现象，不独屈原一人为然。有人起而否定这些西汉时期著名学者的原始材料，诱使千载之后的人改而信从那些粗糙的新说，势难达到他们预期的愿望。

或许可以说，朱东润是建国之后持汉人写作说的最后一人。其后郭沫若著文提出了商榷，①自此之后，就不再见到这种新说的进一步论证了。

---

① 郭沫若曾撰《评"离骚的作者"》《评"离骚以外的屈赋"》二文，发表于《光明日报》1951 年 5 月 26 日(《学术》第 37 期)，后收入《奴隶制时代》一书，科学出版社 1956 年版。

馀　论

总结以上所言，可以这样认为，古来研究《九歌》的学说，其言之成理而持之有故者，大体上可以归纳为“忠君爱国说”“民间祭歌说”“楚郊祀歌说”“汉人写作说”四大流派。当代的一些楚辞学者还曾不断提出新的解说，但若分析其内容，似乎都还未能超越上述四说的樊篱，一般只是在前人的基础上作了某些变化而已。例如有的学者着力于挖掘《九歌》中的爱国主义，这类学说往往与忠君爱国说有渊源关系；有的学者认为南湘之间早就存在着《九歌》的雏形作品，这类学说往往与民间祭歌说有渊源关系；有的学者认为《九歌》中的神祇和篇章有着严密的组织，这类学说往往与楚郊祀歌说有渊源关系；有的学者动辄引用汉代的郊祀歌来作为旁证，这类学说往往与汉人写作说有渊源关系。有的学者援引王逸、朱熹之说，而又以为《九歌》乃沅、湘之间的大型宗教歌舞，则是把民间祭歌说和楚郊祀歌说融合起来，而又抛弃了汉、宋学者的忠君爱国之说。可见上面介绍的四种学说，一直到现在还在发生影响。熟悉这四种学说的内容，可以用来透视后出的一些《九歌》学说的实质；研究这些学说的成败得失，剖析其内在的障碍，汲取其可用的成分，可以作为新的研究工作的起点。因此这里先对过去的研究进行总结，并不是什么无意义的事。

这四种学说之间有着内在的联系，应该综合起来进行考察。民间祭歌说与忠君爱国说密切有关，楚郊祀歌说与汉人写作说密切有关。把《九歌》看作沅、湘之间的民间祭歌，就是根据王逸、朱熹等人的说法而立论的；把《九歌》看作楚国宫廷中的郊祀歌，就是根据汉代的郊祀大典类推出来的。注意这四种学说之间的内在联系，对忠君爱国说和汉人写作说作深入的剖析，有助于认清民间祭歌说与楚郊祀歌说的实质；而对忠君爱国说和汉人写作说加以切实的批判，则有助于证明民间祭歌说和楚郊祀歌说的难以成立。

民间祭歌说以文学发展的一般规律为依据，楚郊祀歌说有宗教原理作基础，在理论上都能自圆其说，故而生命力较强。这两种学说以为《九歌》中叙及的神祇都是楚人崇祀的对象，只是后者以为祀之于楚国宫廷，前者以为乃楚国南郢的民间所祭，然而它们对这些神祇的性质，以及何以能为楚人所祀，都还未能作出周密的论证。忠君爱国说符合屈原的精神气质，但却不合《九歌》的实际；汉人写作说着重于材料的比附和个别文字的考证，看法不全面，论证的方法又嫌主观。比起前二说来，这两种学说理论上的根据更薄弱，可信的程度又要小些。

民间祭歌说主张把《九歌》的写作年代提前，汉人写作说主张把《九歌》的写作年代拉后，这两种说法和汉代各家有关屈原的记载距离较远，都否认《九歌》是屈原的作品。楚郊祀歌说和忠君爱国说的内容虽不相同，但都确认《九歌》为屈原所作，拿《九歌》和"楚辞"中的其他文章比较，屈原之作《九歌》，应该是不成问题的。

历史现象有时会出现令人惊异的相似之处。时隔四十年后，在所谓"大跃进"的高潮中，民间祭歌说又风行一时，作为最革命的学说而受到推崇。当时兴起了大编教材的热浪，作为"红色文学史"的基本理论之一，便是所谓民间文学主线说。《九歌》本与民间祭歌之说有纠葛，这时便很自然地纳入"红线"之中，作为"楚辞"这一文体的源头看待了。北京大学中文系 1955 级文学专门化同学集体编写的《中国文学史》上说：

> 《九歌》是出现在屈原以前的一组民歌，尽管它是经过文人加工的，但它的主要著作权应属于人民。《九歌》是祭祀乐歌，这点古今没有异议。同时，它又不是宫廷祭歌，而是民间祭歌。王逸

和朱熹都认为《九歌》是民歌的改作，这是接近事实的。[1]

北京师范大学中文系1955级文学专门化同学集体编写的《中国民间文学史》上说：

> 《九歌》是楚国民间祭祀时唱的一组乐歌。无论从表现形式上和风格内容上，《九歌》都有南方民歌的特点。[2]

这些说法是在新的思想指导下产生的，然而在理论上却没有什么新的进展。他们在论述"楚辞"这一具体对象时，也从先验的现成观念出发，没有在前人的基础上作出什么进一步的论证；对各篇作品的内容和叙及的神祇，也未能从宗教学和民俗学的角度进行新的探索。这样得出的结论，实际上和他们所说的资产阶级学说出入不大，只是语气显得高昂些罢了。这就说明，没有认真踏实的科学研究，也就很难起到推动学术前进的作用。

因为民间祭歌说和楚郊祀歌说至今仍然起着很大的影响，主宰着当前的学术界，而这些学说的内部却又存在着很多问题，需要仔细地进行辨析，因此下面的一些章节，主要探讨与此有关的一些问题。

---

① 《中国文学史》上册第48页，人民文学出版社1958年第1版。

② 《中国民间文学史（初稿）》上册第111页，人民文学出版社1958年版。

三、秦汉宗教一般

《九歌》的内容既是偏于阴阳人鬼之间，那么针对其特点而进行研究，就得对先秦时期的宗教和民俗作一番探索。也只有在掌握其背景材料的基础上，才能看清《九歌》的实质。只是先秦古籍却缺乏这方面的完整记载，幸而司马迁著《史记·封禅书》，弥补了这方面的缺憾。

《史记·封禅书》是记载先秦至汉初宗教情况的一篇重要著作，内容既详赡，又可信。司马迁是掌握古代史料最丰富的一个人，而宗教一项，更是他家族中世代相传的本职。因为“太史”之官，除了负责编写史书掌管图籍之外，还兼管天文历算和宗教典礼，司马迁继前人之遗绪，在这些问题上积累下了丰富的知识，他在这样深厚的基础上写成《封禅书》一文，后人自然可以根据其中的记载探讨先秦时期的宗教情况和秦、汉两代的宗教方针。

《史记·封禅书》的分析

历史是有继承性的。汉承秦制，秦又采择六国礼仪，因此我们可以按照历史发展的顺序，研究宗教制度的继承和演变，从而探讨《史记·封禅书》中所反映的各地宗教情况。

秦始皇的宗教方针是：对于战国末期遗留下来的各国宗教现状，予以事实上的承认。汉初仍然采取同样的方针。

《史记·礼书》上说：

至秦有天下，悉内六国礼仪，采择其善，虽不合圣制，其尊君抑臣，朝廷济济，依古以来。至于高祖，光有四海，叔孙通颇有所增益减损，大抵皆袭秦故。自天子称号下至佐僚及宫室官名，少所变改。

这是相当恰切的概括，在文献上也可以找到多方面的证明。下面举齐、秦两国的宗教情况为例，作些比较，说明这个复杂的问题。

（齐）〔秦〕始皇遂东游海上，行礼祠名山大川及八神，求仙人羡门之属。八神将自古而有之，或曰太公以来作之。……八神：一曰天主，祠天齐；天齐渊水，居临菑南郊山下者。二曰地主，祠泰山梁父。——盖天好阴，祠之必于高山之下，小山之上，命曰“畤”；地贵阳，祭之必于泽中圜丘云。三曰兵主，祠蚩尤；蚩尤在东平陆监乡，齐之西境也。四曰阴主，祠三山。五曰阳主，祠之罘。六曰月主，祠之莱山。——皆在齐北，并勃海。七曰日主，祠成山；成山斗入海，最居齐东北隅，以迎日出云。八曰四时主，祠琅邪；琅邪在齐东方，盖岁之所始。皆各用一牢具祠，而巫祝所损益，珪币杂异焉。（《史记·封禅书》）

（秦）雍有日、月、参、辰、南北斗、荧惑、太白、岁星、填星、二十八宿、风伯、雨师、四海、九臣、十四臣、诸布、诸严、诸逑之属，百有馀庙。（同上）

齐、秦二国都有日、月之神。本来先秦之时早有“天无二日，民无二王”（《孟子·万章上》）的议论，礼书上也曾多次申述过这项原则，《礼记·曾子问》曰：“天无二日，土无二王，尝禘郊社，尊无二上。”同书《丧服四制》曰：“天无二日，土无二王，国无二君，家无二尊，以一治之也。”《大戴礼记·本命》也说：“天无二日，国无二君，家无二尊，以治之也。”上述文献有的还说这是孔子的言论。孔、孟申述的这种看法，反映的是封建社会中统治阶级共有的意识。《礼记·坊记》也说：“子云：‘天无二日，土无二王，家无二主，尊无二上。’示民有君臣之别也。《春秋》不称楚、越之王。”按今《春秋》书楚、越之王曰“子”，《坊记》作者认为鲁史《春秋》旧文如此，说明春秋之时早就确立了“天无二日，土无二王”的重要观念。日、月向被视作帝、后的象征，一个中央集权的封建国家，作为至高无上的权威，君临天下的帝王，犹如光照四海的太阳一样，天上的太阳正好和世上的帝王相呼应，光彩熠耀的日神衬托着帝王的无比尊严，可见这种说法符合宗教心理上的原理。但秦王对这种天有二日的现象却熟视无睹，不予统一，于此可见其宗教方针之一斑。

新政权建立之后，对过去的情况自然也不可能不有所触动。秦代在宗教上的措施，除了维持现状之外，还把本地神祇的地位提高，把过于混乱的祭祀情况略作整顿。这在《史记·封禅书》上也有记载。为了说明问题，下面详细录引这项宝贵的材料。

> 及秦并天下，令祠官所常奉天地名山大川鬼神可得而序也。于是自殽以东，名山五，大川祠二。曰：太室——太室、嵩高也，恒山，泰山，会稽，湘山；水曰济，曰淮。春以脯酒为岁祠，因泮冻，秋涸冻，冬塞祷祠，其牲用牛犊各一，牢具珪币各异。自华以西，名山七，名川四。曰：华山；薄山——薄山者，衰山也；岳山；岐山；吴岳；鸿冢；渎山——渎山，蜀之汶山；水曰河，祠临晋；沔，祠汉中；湫渊，祠朝那；江水，祠蜀：亦春秋泮涸祷塞，如东方名山川，而牲牛犊牢具珪币各异，而四大冢：鸿、岐、吴、岳，皆有尝禾。陈宝节来祠，其河加有尝醪，此皆在雍州之域，近天子之都，故加车一乘，骝驹四。霸、产、长水、沣、涝、泾、渭，皆非大川，以近咸阳，尽得比山川祠，而无诸加。汧、洛二渊，鸣泽、蒲山、岳壻山之属，为小山

川，亦皆岁祷塞泮涸祠，礼不必同。而雍有日、月、参、辰、南北斗、荧惑、太白、岁星、填星、二十八宿、风伯、雨师、四海、九臣、十四臣、诸布、诸严、诸逑之属，百有馀庙；西亦有数十祠；于湖有周天子祠；于下邽有天神；沣、滈有昭明、天子辟池；于杜、亳有三社主之祠、寿星祠；而雍菅庙亦有杜主——杜主，故周之右将军，其在秦中，最小鬼之神者：各以岁时奉祠。唯雍四畤上帝为尊，其光景动人民唯陈宝。故雍四畤，春以为岁祷，因泮冻，秋涸冻，冬塞祠，五月尝驹，及四仲之月月祠，若陈宝节来一祠。春夏用骍，秋冬用骝。畤驹四匹，木禺龙栾车一驷，木禺车马一驷，各如其帝色；黄犊羔各四，珪币各有数，皆生瘗埋，无俎豆之具。三年一郊。

这里说明了很多宗教祭祀上的问题，应该作些分析。

诸如长江、黄河之类源远流长而又受到各地人民广泛崇祀的大水，秦王朝为之规定了固定的祭祀地点。河伯是地方性很强的地祇，《左传》等先秦古籍上常有晋人祀河的记载，《礼记·礼器》上说："晋人将有事于河，必先有事于恶池。"郑玄注："恶当为呼，声之误也。呼池：沤夷，并州川。"孔颖达疏："有事于河，谓祭河也。必先告恶池小川，从小而祭也。先告从祀者，然后祭河也。"说明晋人早就把祭祀黄河列入祀典。他们一直把河伯看作本地区的尊神。南方各国则与长江有关。古人都以为江水出自岷山，而自岷山至三峡一段，《水经注》上屡记江神之事，《华阳国志》卷三叙蜀守李冰于天彭阙祀江神，曰："遂从水上立祀三所。所祭用三牲，珪璧沈濆。汉兴，数使使者祭之。"可以想见蜀人祭江之风特盛。秦王之所以把祀河地点固定在临晋，把祀江地点固定在蜀，看来正是因为晋人、蜀人祭祀最勤的缘故。

秦都在雍州之地。秦国原有的上帝——四帝，这时也都提升了地位。这种情况合乎宗教发展的一般规律。在原始社会里，随着公社联合为部落，部落联合为部族，各地原有的神也逐渐统一起来，它们之间反映着联合起来的各部落所占不同地位而出现的身份差别。进入阶级社会之后，从不同来源的神中又逐渐形成了地位高下不等的等级，政治上占优势的地区原有的神往往成为高踞众神之上的主神，例如在古代巴比伦帝国产生的时候，巴比伦城的主神——太阳神就成了巴比伦帝国的主神，而其他诸神则处于从属的地位。秦王朝建立时的情况也有类于此，原有的四帝正向全国主神的地位转变。

刘汉王朝代兴之后，采取的措施，执行的方针，大体承袭秦人，少有变动。因为刘邦以马上得天下，礼乐之类非其所谙，王侯将相大都起于草莽，文化水平不高，缺乏大力兴革政制的经验和能力。因此，刘汉新朝只能起用叔孙通、张苍等秦代旧臣，在礼制方面也只能大体维持前朝旧制。这在史书上屡见记载。

> 《史记·历书》："……是时天下初定，方纲纪大基，高后女主，皆未遑，故袭秦正朔服色。"
>
> 《汉书·礼乐志二》："高祖时，叔孙通因秦乐人制宗庙乐。"
>
> 《后汉书·曹褒传论》："汉初，天下创定，朝制无文，叔孙通颇采经礼，参酌秦法，虽适物观时，有救崩敝，然先王之容典盖多阙矣。"

由此可见，汉初的宗教情况与秦代相去不远。二者对待遗产的态度也正相似：基本上维持原状，只在个别地方有所损益。

关于维持原状，即承认各地的神祇，高祖曾有明言。

> 《史记·封禅书》："〔高祖〕下诏曰：'吾甚重祠而敬祭。今上帝之祭及山川诸神当祠者，各以其时礼祠之如故。'"

汉代仍旧建都关中，袭秦故地，所以仍奉秦人原有的四帝为至上神，令“有司进祠，上不亲往。悉召故秦祝官，复置太祝、太宰，如其故仪礼。”

其后天下大定，高祖复于长安置祠祝官、女巫，这在《史记·封禅书》上也有详细记载：

> 长安置祠祝官、女巫。其梁巫，祠天、地、天社、天水、房中、堂上之属；晋巫，祠五帝、东君、云中①、司命、巫社、巫祠、族人、先炊之属；秦巫，祠社主、巫保、族累之属；荆巫，祠堂下、巫先、司命、施糜之属；九天巫，祠九天：皆以岁时祠宫中。其河巫祠河于临晋，而南山巫祠南山、秦中——秦中者，二世皇帝：各有时日。

这就步入正题来了，因为它上面记载的东君、云中君、司命、河等神，均与《九歌》有关。《史记·封禅书》提供了丰富的材料，说明上述诸神的性质和活动地区，后人就可以根据这些神祇的地方色彩，援用宗教、民俗方面的其他一些材料，证明如下论断：这些神祇非楚巫所祀，因此《九歌》不可能是楚国的民间祭歌或郊祀歌。

祭祀典礼中的地方色彩

汉代建国伊始，宫廷中就供养着许多不同地区的巫祝，《汉书·高帝纪赞》曰：“及高祖接位，置祠祀官，则有秦、晋、梁、荆之巫。”颜师古注引应劭曰：“先人所在之国，悉致祠巫祝，博求神灵之意也。”又引文颖曰：“巫，掌神之位次者也。范氏世仕于晋，故祠祀有晋巫；范会支庶留秦为刘氏，故有秦巫；刘氏随魏都大梁，故有梁巫；后徙丰，丰属荆，

---

① 《汉书·郊祀志》作“云中君”。

故有荆巫也。”说明这时仍然保持着战国时期的局面。刘氏先人之在不同国土者，还是要用该一地区的巫祝负责祭祀，这就可以用来证明祀典具有强烈的地方色彩。

这里首先要问：为什么某些神祇需要特别指定某一地方上的巫祝去祭祀？

原来祭祀典礼中还包含着许多严格的戒律，对巫祝有严格的要求。

> 《国语·楚语下》："古者民神不杂。民之精爽不携贰者，而又能齐肃衷正，其智能上下比义，其圣能光远宣朗，其明能光照之，其聪能听彻之，如是则明神降之，在男曰觋，在女曰巫。是使制神之处位次主，而为之牲器时服，而后使先圣之后之有光烈，而能知山川之号，高祖之主，宗庙之事，昭穆之世，齐敬之勤，礼节之宜，威仪之则，容貌之崇，忠信之质，禋絜之服，而敬恭明神者，以为之祝。使名姓之后，能知四时之生，牺牲之物，玉帛之类，采服之仪，彝器之量，次主之度，屏摄之位，坛场之所，上下之神，氏姓之出，而心率旧典者，为之宗。"

原来当巫祝的条件也不简单，他们要知道神的活动地区和祭祀地点，要能够分别神祇之间的尊卑先后，要了解神统的由来，要有能力执行祭祀仪式和布置祭品……在原始信仰尚占支配地位的情况下，当然只有当地的巫祝才能祭祀当地的神祇了。《史记·封禅书》上提到的河巫祀河和南山巫祀南山，最能说明问题。

恩格斯指出："在以前的一切宗教中，仪式是一件主要的事情。"[①]

---

① 恩格斯《布鲁诺·鲍威尔和早期基督教》，《马克思恩格斯全集》第十九卷，人民出版社 1963 年版。

这是因为:祭祀某一地区的神,需要用什么品种的牲牢?数量多少?毛色如何?如何处置?祭者的服色又怎样?在什么时候举行?……这些在祀典上都有明确的规定,而且严格执行。我们从上面引用的《史记·封禅书》中的一些材料里,已经看到不少实例,在这之外,《周礼·春官》中也有一段记载。

〔大宗伯〕以吉礼事邦国之鬼神示,以禋祀祀昊天上帝,以实柴祀日、月、星、辰,以槱燎祀司中、司命、风师、雨师,以血祭祭社稷、五祀、五岳,以貍沈祭山林川泽,以疈辜祭四方万物。

可能有人会提出,这些文献上的记载已经经过后人整理,不足据为典要,那我们还可以拿更原始的祭祀典礼来作例证。这在《山海经》等书中有大量的记载,下面择要摘录几条材料,引证于下:

自钱来之山至于騩山,凡十九山,二千九百五十七里。华山,冢也,其祠之礼:太牢。羭山,神也,祠之用烛,斋百日以百牺,瘗用百瑜,汤其酒百樽,婴以百珪百璧。其馀十七山之属,皆毛牷用一羊祠之。烛者百草之未灰,白席采等纯之。(《西山经》)

自太行之山以至于无逢之山,凡四十六山,万二千三百五十里。其神状皆马身而人面者廿神。其祠之,皆用一藻茝瘗之。其十四神状皆彘身而载玉。其祠之,皆玉,不瘗。其十神状皆彘身而八足蛇尾。其祠之,皆用一壁瘗之。大凡四十四神,皆用稌糈米祠之,此皆不火食。(《北次三经》)

自樕螽之山以至于竹山,凡十二山,三千六百里。其神状皆人身龙首。祠:毛用一犬祈,聃用鱼。(《东山经》)

自甘枣之山至于鼓镫之山,凡十五山,六千六百七十里。历儿，冢也，其祠礼：毛，太牢之具；县以吉玉。其馀十三山者，毛用一羊，县婴用桑封，瘗而不糈。桑封者，桑主也，方其下而锐其上，而中穿之加金。（《中山经》）

自敖岸之山至于和山，凡五山，四百四十里。其祠泰逢、熏池、武罗皆一牡羊副，婴用吉玉。其二神用一雄鸡瘗之，糈用稌。（《中次三经》）

自苟林之山至于阳虚之山，凡十六山，二千九百八十二里。升山，冢也，其祠礼：太牢，婴用吉玉。首山，魈也，其祠用稌、黑牺、太牢之具，蘖酿，干舞，置鼓，婴用一璧。尸水，合天也，肥牲祠之，用一黑犬于上，用一雌鸡于下，刉一牝羊，献血。婴用吉玉，采之，飨之。（《中次五经》）

自首山至于丙山，凡九山，二百六十七里。其神状皆龙身而人面。其祠之：毛用一雄鸡瘗，糈用五种之糈。堵山，冢也，其祠之：少牢具，羞酒祠，婴毛一璧瘗。騩山，帝也，其祠羞酒，太牢其（具）；合巫祝二人舞，婴一璧。（《中次十经》）

各地的神祇不同，所用的祀典也就不同。由此可见，凡带有原始宗教意味的祀典，确有其地方性。所谓“越人美蠃蚌而简太牢，鄙夫乐咋唶而怪《韶》《濩》”（《盐铁论·论灾》）。某一地区的祀典，作这样复杂的规定，当然只能由本地区的巫祝来掌握。由此也可明白，若能了解到哪一地区的巫祝在执行祭祀，就可推断这些神祇属于哪个地区。

但这里应作补充说明的是，上述情况主要是对以原始信仰为背景的宗教而言的，后代也有不同的情况出现，那就是经历了时代的演变，文化的发展，原始信仰的意味渐渐消失，后起的巫祝，带有更多的方士色彩，崇祀的神，带有人为构拟的内容，这样的巫祝所主持的祀典，也就难于看出神的地方色彩来了。例如《晏子春秋·内篇·谏上》记有

"景公欲使楚巫致五帝以明德"之章，姑不论《晏子春秋》中的这一节文字到底出之于战国还是出之于汉代，就以五帝来说，显然已是方士色彩的人构拟成的东西了。这里说的"五帝"，带有构拟神统的意思，预示着全国统一局面的即将出现，或者就是全国已告统一之后产生的东西。这样的神，不论哪一个地方的巫祝都可以祭祀，不论哪一个地方的神坛都可以设祭。这与晋巫祀东君、云中君等神的情况是大不相同的。

从汉代宫廷中巫祝的身份推断东君、云中君是晋地之神

先秦典籍上叙及某些神人感应之事，涉及巫祝之时，往往提示该人的籍贯，这是因为春秋、战国时的社会上原始宗教信仰还很占优势，人们祈求神祇福佑，预示吉凶，需要用当地的巫祝来沟通。况且我国疆域辽阔，各地方言不同，人们在交往时，有一个语言的问题；人神交往时也要有共通的语言作为媒介。这样，当然只能用当地的巫祝去沟通当地的神祇了。

下面引用一些这方面的例子。

> 《左传》僖公十年："秋，狐突适下国，遇大子。大子使登，仆，而告之曰：'夷吾无礼，余得请于帝矣。将以晋畀秦，秦将祀余。'对曰：'臣闻之："神不歆非类，民不祀非族。"君祀无乃殄乎？且民何罪？失刑乏祀，君其图之。'君曰：'诺。吾将复请。七日，新城西偏将有巫者而见我焉。'许之，遂不见。"
>
> 《左传》文公十年："初，楚范巫矞似谓成王与子玉、子西曰：'三君皆将强死。'"杜预注："矞似，范邑之巫。"
>
> 《左传》成公十年："晋侯梦大厉，被发及地，搏膺而踊，曰：'杀余孙，不义。余得请于帝矣！'坏大门及寝门而入。公惧，入于室。

又坏户。公觉，召桑田巫。巫言如梦。”

《左传》成公十七年：“晋范文子反自鄢陵，使其祝宗祈死，曰：‘君骄侈而克敌，是天益其疾也，难将作矣。爱我者唯祝我，使我速死，无及于难，范氏之福也。’六月戊辰，士燮卒。”

《左传》襄公十八年：“秋，齐侯伐我北鄙。中行献子将伐齐，梦与厉公讼，弗胜。公以戈击之，首坠于前，跪而戴之，奉之以走，见梗阳之巫皋。他日，见诸道，与之言，同。”

《越绝书·外传记吴地传》：“〔余杭城蛇门〕近门外欐溪椟中连乡大丘者，吴故神巫所葬也。”

《越绝书·外传记〔越〕地传》：“江东中巫葬者，越神巫无杜子孙也。死，句践于中江而葬之。巫神，欲使覆祸吴人船。”

《墨子·鲁问》：“鲁祝以一豚祭，而求百福于鬼神。”

《吕氏春秋·先识览·知接》：“管仲有疾，桓公往问之曰：‘仲父之疾病矣，将何以教寡人？’……管仲对曰：‘愿君之远易牙、竖刀、常之巫、卫公子启方。’……公又曰：‘常之巫审于死生，能去苛病，犹尚可疑邪？’管仲对曰：‘死生，命也；苛病，失也。君不任其命，守其本，而恃常之巫，彼将以此无不为也。’”①

这种风气汉代一直保持着。下面引用一些这方面的例子。

《史记·封禅书》：“〔武帝〕既灭两越，越人勇之乃言‘越人俗鬼，而其祠皆见鬼，数有效。昔东瓯王敬鬼，寿百六十岁。后世怠慢，故衰耗。’乃令越巫立越祝祠，安台无坛，亦祠天神上帝百鬼，

① 常之巫，《管子·小称》作“堂巫”，《史记·齐太公世家》司马贞《索隐》作“棠巫”。常、堂、棠通，乃齐地名。

而以鸡卜。”

《汉书·景十三王传》:“〔江都王建〕与其后成光共使越婢下神,祝诅上。”

《汉书·武五子传》:“始昭帝时,〔广陵厉王〕胥见上年少无子,有觊欲心。而楚地巫鬼,胥迎女巫李女须,使下神祝诅。女须泣曰:‘孝武帝下我。’左右皆伏。言‘吾必令胥为天子。’胥多赐女须钱,使祷巫山。会昭帝崩,胥曰:‘女须,良巫也。’杀牛塞祷。及昌邑王徵,复使巫祝诅之。复王废,胥寖信女须等,数赐予钱物。宣帝即位,胥曰:‘太子孙何以反得立?’复令女须祝诅如前。”

《后汉书·刘盆子传》:“军中常有齐巫鼓舞祠城阳景王,以求福助。”①

总结上述例证,再来考察《史记·封禅书》中的记载,可以进一步证实祭祀典礼之具有地方性。

这就可以回到《九歌》的本题上来了。《史记·封禅书》上说是晋巫祀东君、云中,河巫祀河,也就说明东君、云中君是晋地之神,河伯也是北方的神祇。《九歌》中的东君、云中君和河伯都不是楚地原有的神祇,不该由楚人来祭祀。

这个问题还可以从另一种角度进行论证。

首先,我们也要考虑到其他可能存在的情况,或许楚地原来也有东君、云中君等神,只是《史记·封禅书》中缺载,这有没有可能呢?

先秦之时确曾出现过各地普遍崇祀某一个神的事实,这里可以以

① 城阳景王即朱虚侯刘章。刘有功汉室,封于城阳,薨后,齐人奉之为神,祀之甚盛。曹操为济南相时仍然。参看《风俗通义》卷九《城阳景王祠》和《三国志·魏书·武帝纪》裴松之注引《魏书》。

司命为例，略作探讨。

古籍上面有关司命的记载很多，其国籍可考者如下：

（齐） 齐侯拜嘉命……于大无嗣折于大嗣命，用璧两壶八鼎。（《洹子孟姜壶》）

（晋） 晋巫……祀司命。（《史记·封禅书》）

（楚） 荆巫……祀司命。（《史记·封禅书》）

其国籍不能确指者如下：

《庄子·至乐》："髑髅曰：'死无君于上，无臣于下，亦无四时之事，从然以天地为春秋，虽南面王乐不能过也。'庄子不信，曰：'吾使司命复生子形，为子骨肉肌肤，反子父母妻子、闾里知识，子欲之乎？'髑髅深嚬蹙頞曰：'吾安能弃南面王乐，而复为人间之劳乎。'"

《韩非子·喻老》："扁鹊曰：'病在腠理，汤熨之所及也；在肌肤，针石之所及也；在肠胃，火齐之所及也；在骨髓，司命之所属，无奈何也。'"

《孙子·作战》："故知兵之将，民之司命，国家安危之主也。"

《管子·法法》："一曰：凡人君之德行威严，非独能尽贤于人也；曰'人君'也，故从而贵之，不敢论其德行之高卑。有故，为其杀生，急于司命也。"

《管子·国蓄》："五谷食米，民之司命也。"

《管子·山权数》："〔管子曰：〕谷者，民之司命也。"

《管子·轻重乙》："五谷粟米者，民之司命也。"

《隋巢子》："昔三苗大乱，天命夏禹于玄宫。有大神，人面鸟

身，降而福之。司禄益富而国家实，司命益年而民不夭。四方归之。禹乃克三苗，而神民不违。”（《艺文类聚》卷十引）

《周礼·春官》：“〔大宗伯之职〕以槱燎祀司中、司命、风师、雨师。”

《礼记·月令》：“〔孟冬〕是月也，命有司祭司中、司命、司人、司禄。”（《太平御览》卷五百二十四引）

从上面的这些记载中可以看到，春秋、战国之时各地都曾祭祀司命神。这种情况的出现，当与时代背景有关。因为春秋、战国之时经历着绵延几百年的大乱，人们无法掌握自己的命运，只能仰求神灵保佑，这样司命神就应运而生，并且深入人心了。《礼记·祭法》上说：“王为群姓立七祀：曰司命，曰中霤，曰国门，曰国行，曰泰厉，曰户，曰灶；王自为立七祀。诸侯为国立五祀：曰司命，曰中霤，曰国门，曰国行，曰公厉；诸侯自为立五祀。”这话应当有其真实性，即统治者曾在各地倡导过祭祀司命神。

司命之神如此混乱，而又得不到统一的机会。时至汉代，高祖只在其中选择了两个司命，可见宫廷之中崇祀的神，都是具有代表性的。晋巫、荆巫均祀司命，这又是秦汉宗教方针的一贯表现，犹如秦初保留两个日神一样，有代表性的神不妨并存。但这只是开国时的情况，其后随着国家政权的统一，各地交通的发展，文化交流的频繁，性质相同的神也就慢慢统一起来。这在文献上也有反映。

《风俗通义·司命》：“……今民间独祀司命耳。刻木长尺二寸，为人像。行者檐箧中，居者别作小屋。齐地大尊重之，①汝南

① “齐”下原有“天”字，《后汉书·祭祀志中》刘昭注引文无，今据删。

余郡亦多有，皆祠以腊，率以春秋之月。”

“腊”是“腊”的误写，“腊”是“猪”的异体。《说文解字·示部》：“祉：以豚祠司命也。从示，比声。汉律曰：‘祠祉司命。’”可见汉代司命之神的祭典后来确是趋于统一了。

民俗的变迁，宗教的兴废，在宫廷中必然也会有所反映。值得注意的是：《史记·封禅书》上明白记载的晋巫、荆巫均祀司命，到了《汉书·郊祀志》中时，就只剩下荆巫祀司命了。大家知道，《汉书·郊祀志》的前半部分全袭《史记·封禅书》，二者之间发生差异决非偶然，而是客观实际情况的反映。武帝之后祭祀典礼经过整理，两个司命汰去重复，因而只剩下一个荆巫祀的司命了。这也是很自然的事，因为刘家天子原是楚人，当然保留与自己关系较深的楚地司命。

古代帝王虽然号称以四海为家，但地方观念却也未能尽免，封建时代的人大都不免此弊，刘邦就是一个家乡观念特别严重的人。史书上留下了他不少有趣的故事。

《史记·高祖本纪》：“高祖还归，过沛，留。置酒沛宫，悉召故人父老子弟纵酒，发沛中儿得百二十人，教之歌。酒酣，高祖击筑，自为歌诗曰：‘大风起兮云飞扬，威加海内兮归故乡，安得猛士兮守四方！’令儿皆和习之。高祖乃起舞，慷慨伤怀，泣数行下。谓沛父兄曰：‘游子悲故乡。吾虽都关中，万岁后吾魂魄犹乐思沛。且朕自沛公以诛暴逆，遂有天下，其以沛为朕汤沐邑，复其民，世世无有所与。’沛父兄诸母故人日乐饮极欢，道旧故为笑乐。”

《史记·留侯世家》：“四人（东园公、角里先生、绮里季、夏黄公）为寿已毕，趋去。上目送之，召戚夫人指示四人者曰：‘我欲易之，彼四人辅之，羽翼已成，难动矣。吕后真而主矣！’戚夫人泣，上曰：'为我楚舞，吾为若楚歌。'"

《史记·叔孙通列传》："叔孙通儒服，汉王憎之。乃变其服，服短衣，楚制。汉王喜。"

《汉书·礼乐志》："有《房中祠乐》，高祖唐山夫人所作也。周有《房中乐》，至秦名曰《寿人》。凡乐，乐其所生，礼不忘本。高祖乐楚声，故《房中乐》楚声也。"

可见刘邦对故乡的一切都有感情。他把楚歌楚舞带进了京城，还把家乡的神也带进了长安。

《史记·高祖本纪》记刘邦初起，立为沛公，"祠黄帝，祭蚩尤于沛庭，而衅鼓旗，帜皆赤。"这就显出刘邦宗教观念上的特殊之处来了。先秦之时，早就广泛流传黄帝擒杀蚩尤的故事。蚩尤是一个凶神，因而后人少有祭祀他的。传说黄帝与蚩尤战于涿鹿之野，其地在今河北，秦末张耳、陈馀于此起兵，但却从无祭祀蚩尤的记载；田氏起于齐地，也无祭祀之举；只有刘邦才对蚩尤表示崇信。《史记·五帝本纪》裴骃《集解》引《皇览》曰："蚩尤冢在东平郡寿张县阚乡城中，高七丈，民常十月祀之。有赤气出，如匹绛帛，民名为蚩尤旗。肩髀冢在山阳郡巨野县重聚，大小与阚冢等。传言黄帝与蚩尤战于涿鹿之野，黄帝杀之，身体异处，故别葬之。"这与《史记·封禅书》上有关齐地八神的记载完全一致。

东平地当今鲁西南，刘邦起于丰沛，地当今江苏北部，二地正相紧邻。刘邦生长在蚩尤威灵所及的地域之内，感染极深，所以自始至终崇祀弗衰。《史记·郦生列传》记郦食其说齐王，言刘邦兵锐不可当，云"此蚩尤之兵也，非人之力也，天之福也。"也可用以说明刘邦极度崇信家乡之神的兵主，所以他人才有可能称其兵为"蚩尤之兵"。

其后刘邦贵为天子，定都关中，随即也就把蚩尤迎入长安。《史记·封禅书》云："令祝官立蚩尤之祠于长安。"这些地方也就表现出了他在宗教上家乡观念之强烈。

由上可知，楚地的神，只要具有某种代表性的，刘汉王朝无不乐于引入长安。东君、云中君、河伯等神要用外地巫祝来祭祀，说明楚地缺少这类重要的神。否则的话，家乡观念这么深的刘邦是不会不把他们奉上宝座的。

通过以上的具体分析，可以进一步地确定：东君、云中君、河伯等神不是楚国的神祇，沅、湘之间的楚国百姓无缘祭祀，因此《九歌》中的这些篇章不可能是楚国的民间祭歌；同时又因这些神祇不用荆巫来祭祀，故而无缘列入楚郊祀歌。

《东君》《云中君》《河伯》中的北方景象

最后还可根据作品内容发掘内证，再提供两项证据。

一是从篇名上判断该神的地方性。

先秦时期，由于各诸侯国长时期的分裂割据，每一个地区所产生的神，尽管性质相同，名称可也有不同。以云神而言，《左传》昭公十七年上称之为“云师”，《庄子·在宥》篇上称之为“云将”，而晋地则称之为“云中君”……说明云神之在各地，有着不同的称呼。屈原在《离骚》中说：“吾令丰隆乘云兮”，则是以为云神的名字叫作丰隆。可见楚国云神本无云中君之称，云中君是晋国对云神的称呼。

二是从作品的景象中考察这些神祇的区域性。

《九歌》中有句云：

> 览冀州兮有馀①，横四海兮焉穷。（《云中君》）

---

① 《国语·晋语四》“冀州之士”，韦昭注：晋在“冀州”。

暾将出兮东方，照吾槛兮扶桑。（《东君》）

青云衣兮白霓裳，举长矢兮射天狼。（同上）

与女游兮九河，冲风起兮横波。（《河伯》）

登昆仑兮四望，心飞扬兮浩荡。（同上）

描述的景象，涉及的地域，都与楚地关系较浅，与北方各国关系较深。这些都可用以证明上述结论之不误。

四、东皇太一考

《九歌》中的许多神，性质最难确定的，大约要数东皇太一为最了。旧的文献中对此几乎没有什么记载，近代学者作过很多新的探讨，但议论纷纭，似乎还未得出共同的结论。以往曾有两篇水平很高的文章专门讨论到他，虽然作了详密的论证，但都没有得出什么结论。

钱宝琮《太一考》："据歌辞看来，东皇太一是一位天神，是毫无疑义的。但是他的地位权威种种却无从推测。秦以后的书籍里虽然常见'太一'的名词，但是从来没有和'东皇'两个字联在一起的。……东皇太一的祠祀究竟是那一国的风俗，也很难查考了。①

程憬《泰一考》："今传《楚辞》名此曲为'东皇太一'，其名当系编辑者所加（大约是刘向）。且'太一'而称'东皇'，不知何据。'东皇'之名，汉以前的古籍仅此一见。"②

"东皇太一"一名出现于战国之时。由于先秦典籍散佚特甚，有关宗教方面的记载更为简略，因而想要彻底搞清东皇太一的性质，存在着一系列的障碍。但这也不是什么无法措手的事。时至今日，学术研究工作中出现了新的局面，依据马克思主义有关宗教和民俗的学说，再来分析那些片断零散而又杂乱繁复的材料，就可披荆斩棘，把那些

---

① 钱宝琮《太一考》，载《燕京学报》第十二期。

② 程憬《泰一考》，载中央大学《文史哲季刊》二卷一期。

扑朔迷离的问题放到现实的基础上加以探究，从而开辟出一条新路来。我们在研讨了各种有关太一的材料之后，初步勾出如下的线索，或许还能说明“东皇太一”的性质及其得名之由来。

“太一”的出现

开头还得先从“太一”二字说起。

“太一”一词，起初是道家专用的名词。它是宇宙本根的代称。《老子》中称道，称大一，内容相同。

> 有物混成，先天地生。寂兮寥兮。独立而不改，周行而不殆，可以为天下母。吾不知其名，字之曰道；强为之名，曰大一。①（二十五章）

这个“道”，是“先天地生”的万物之母，它恍恍惚惚，窈窈冥冥，独立自在而永不改变，循环运行而永不停息。《老子》中形容它的伟大和微妙，说是“视之不见名曰夷，听之不闻名曰希，搏之不得名曰微。此三者不可致诘，故混而为一。”（十四章）“一”就寓有至高无上的万物始祖的意思。

《老子》中曾多次提到“一”的创造万物。

> 道生一，一生二，二生三，三生万物。（四十二章）

---

① “一”字原夺，据郭沫若说补，见其《先秦天道观之进展》，载《青铜时代》，科学出版社 1957 年新一版。郭氏此说虽然缺乏版本学上的根据，但是按照《老子》的思想体系而言，此说可以成立，故从研究思想史与宗教学的角度予以采录。

从首句来看，“道”“一”似为二物，但从《老子》全书的体系来看，此“一”似仍指“道”，不过“道”为处于混沌状态的“一”，“一”乃趋于具体化之“道”罢了。这里的“一”，衍化孳生万物，具有宇宙创始者的意义。

《老子》中还说：

> 昔之得一者，天得一以清，地得一以宁，神得一以灵，谷得一以盈，万物得一以生，侯王得一以为天下贞。（三十九章）

先秦学术的最后一位大师韩非“其归本于黄老”，对老聃的学说钻研有素，他在《扬权》中说：“道无双，故曰一。”则是认为此“道”不同于一般的道，而他所说的道也具有宇宙创始者的意思。

韩非曾著文论述“道”的化生万物。

> 道者，万物之所然也，万理之所稽也。……天得之以高，地得之以藏，维斗得之以成其威，日月得之以恒其光，五常得之以常其位，列星得之以端其行，四时得之以御其变气，轩辕得之以擅四方，赤松得之与天地统，圣人得之以成文章。

《解老》中的这一段文字，看来就是解释《老子》三十九章的。可见《韩非子》中“道”的学说，是从《老子》中有关“一”的学说中生发出来的。从韩非对“道”的阐释中，更可看出“一”有宇宙本根的意思。

《楚辞》之中也有类同的文字出现。《远游》曰：“奇傅说之托辰星兮，羡韩众之得一。”此“一”亦指神妙的宇宙之祖。这项例证也就表明了南方的楚辞学者已经受到道家学说的影响。

如此尊贵的“一”，光靠它自身还难于表达其不同寻常的内涵，按照我国语言的习惯构词法，势必要在上面加上一个形容词，这个形容词也应当具有不同寻常的涵义，才能显示出“一”的非同一般。先秦时期已经出现了“太”这一个形容词，“太”“一”结合，也就是顺理成章的事了。

按“太一”或作“大一”，或作“泰一”。“大”乃本字，“太”“泰”乃后起通假字。段玉裁于《说文解字·水部》古文“泰”字下注曰：“后世凡言大而以为形容未尽则作太，如大宰俗作太宰，大子俗作太子，周大王俗作太王是也。谓太即《说文》夳字，夳即泰，则又用泰为太。”这里说明了古籍上三字通用的情况，也说明了古人着意“形容未尽”而采用“太”字的情况。古籍常见用“太”形容之词，曾国藩释《淮南子·泰族》之“泰”字曰：“泰族者，聚而又聚者也。始之又始曰泰始，一之又一曰泰一，伯之前有伯曰泰伯，极之上有极曰泰极；以及泰山、泰庙、泰坛、泰折，皆尊之之词。”①这里的“泰一”，并非并列结构的词组，而是偏正结构。“太”形容“一”，乃“尊之”之意。

战国之前早有天道之说。道家为了区别新创的“道”与前此一般的天道之说，需要借用这个“一”字来强调此“道”的不同寻常，而当他们用文字来记叙时，还要用“太”字来形容此“一”的非同一般。继《老子》之后，《庄子》中也出现了组合而成的“太一”。

> 以本为精，以物为粗，以有积为不足，澹然独与神明居。古之道术有在于是者，关尹、老聃闻其风而悦之，建之以常无有，主之以太一。（《庄子·天下》）

道家用“道”或“太一”来代替上帝，在古代思想史上是一大创举。世代相传的神统世界，至此发生了动摇。这是社会发展的结果。春

---

① 曾国藩《求阙斋读书录》卷五。

秋、战国时，生产力有了迅速的提高，生产关系也在急剧地发生变化，科学文化的进步，更为建立先进的宇宙观准备下条件。当时的有识之士，都在努力摆脱鬼神的束缚，道家提出“太一”来代替上帝，适应时代思潮的要求，所以能为其他学派承认接受。《吕氏春秋》《礼记》等书中都曾提到这点。

> 太一出两仪，两仪出阴阳。阴阳变化，一上一下，合而成章；浑浑沌沌，离则复合，合则复离，是谓天常。（《吕氏春秋·仲夏纪·大乐》）
>
> 万物所出，造于太一，化于阴阳。（同上）
>
> 道也者，至精也。不可为形，不可为名，强为之，谓之太一。（同上）
>
> 是故夫礼必本于大一，分而为天地，转而为阴阳，变而为四时，列而为鬼神。（《礼记·礼运》）

但是道家的这种学说还有其缺点。因为这种“先天地生”的“道”或“太一”，乃是天地万物的创造主，仍是玄妙的自然之神，而这种最原始的宇宙始祖，因有无边的创造之功，也就容易变为上帝的代名。这也是很自然的事，因为这种无所不在的“太一”，本身还没有蜕尽泛神论的旧痕，所以一经方士利用，便又以上帝的姿态降生于世了。

《淮南子》中就有这方面的记载。

> 太一者，[1]牢笼天地，弹压山川，含吐阴阳，伸曳四时，纪纲八极，经纬六合，覆露照导，普泛无私，蠉飞蠕动，莫不仰德而生。

---

① 各本“太”上有“秉”字，据王念孙《读书杂志》卷十三删。

(《本经》)

太微者，太一之庭也。紫宫者，太一之居也。轩辕者，帝妃之舍也。咸池者，水鱼之囿也。天阿者，群神之阙也。(《天文》)

显然，这里所说的“太一”，已经经过方士的改作，高高升入天庭，成了上帝的代名了。

一个齐地新兴的至上神

既然太一是道家的创造，而它的转化为神又是方士的伎俩，那么这种情况最有可能在何处发生？

从天文、地理、人事等各方面的材料来看，这种情况应当发生在齐国。

战国之时，文化最繁荣的国家，首推齐、楚。《文心雕龙·时序》篇上说：“春秋以后，角战英雄，六经泥蟠，百家飙骇。方是时也，韩、魏力政，燕、赵任权，五蠹、六虱，严于秦令，唯齐、楚两国，颇有文学。齐开庄衢之第，楚广兰台之宫，孟轲宾馆，荀卿宰邑，故稷下扇其清风，兰陵郁其茂俗，邹子以谈天飞誉，驺奭以雕龙驰响，屈平联藻于日月，宋玉交彩于风云。观其艳说，则笼罩雅颂，故知暐烨之奇意，出乎纵横之诡俗也。”当时楚国集中了许多著名的文人，如屈原、宋玉、唐勒、景差，等等；齐国则集中了许多著名的哲人，如驺衍、驺奭、荀卿、淳于髡，等等。著名的道家也都集中在齐国，如宋钘、尹文、慎到、田骈、接子、环渊等人，都是备受崇敬的稷下学者。他们议论终日，广泛交换意见，关于“太一”，定然是个重要的题目。

战国之时的方士集中在燕、齐两地，而尤以齐国为盛。方士与阴阳家有关，其活动有相通处。韩非在《饰邪》中指出：“龟策鬼神不足举胜，左右背乡不足以专战。”批判的就是阴阳家，也就是那些耍弄迷信手腕的方士。文中还提到“邹衍之事燕，无功而国道绝。”指责邹衍用阴阳家的理论败坏燕国的政治。邹衍有“谈天衍”之称，说明他也重视天文，在星占上有新的说法，曾经起过深远的影响。

韩非用事实驳斥了星占的无稽。他说：

> 初时者，魏数年东乡攻尽陶、卫，数年西乡以失其国，此非丰隆、五行、太一、王相、摄提、六神、五括、天河、殷抢、岁星数年在西也，又非天缺、弧逆、刑星、荧惑、奎台数年在东也。①

按照《史记·天官书》上“〔岁星〕所在国不可伐”的说法，可以了解到，韩非是在证明魏国不顾岁星在东的忌讳出兵攻掠，照样出师得利。太一与太岁并列，可见在韩非的眼中，太一位于东方。韩非的活动地区不出当时中国的中、西部，他的观察星象是以所在地区为基准的，太一位于魏国东方，即齐国的上空。

顾炎武在《日知录·星名》中说：“今天官家所传星名，皆起于甘、石。”大家知道，古代的天文学和神学有很长一段时间是控制在方士手中的。甘、石属于古代所谓燕齐方士系统内的人物。《史记·天官书》上说：“昔之传天数者……在齐，甘公；……魏，石申。”同《书》又曰：“近世十二诸侯七国相王，言从衡者继踵，而皋、唐、甘、石因时务论其书传，故其占验凌杂米盐。”张守节《正义》曰：“言皋、唐、甘、石等因时务论其书传中灾异所记录者，故其占验交乱细碎。其语在《汉书·五行志》中也。”又《汉书·艺文志》载《甘德长柳占梦》二十卷，列于“数术略·杂占”类，凡此均可说明甘、石确是方士的身份，但又是这一系统

---

① 各本后两句“数年”上均有“非”字，据王先慎《韩非子集解》卷五删。

中最有科学精神而对星象作过系统整理的人物。

甘德、石申的原始著作已经失传了。由于他们生活的年代久远，而且文献记载不详备，因而关于他们的生平，异说很多。有的学者认为应该把他们归入汉代，但更多的人则仍然认为应该遵从《史记》《汉书》中的记载，这不但是因为司马迁等人距古未远，掌握了丰富的天文科学知识，而且依据残存下来的一些文献来看，也可确定他们生活在战国中期。日本学者上田穰、能田忠亮和新城新藏等人曾在 20 世纪 20 年代至 30 年代，从《开元占经》、甘石《星经》和《汉书》等古籍的天文记录和记事，推论甘氏和石氏的年代为战国中期，约公元前三百五六十年前后。① 中国科学院自然科学史研究所的席泽宗在研究《开元占经》时，根据里面有关甘德对木星位置的记载，用现代星历表对发现的年代进行了推算，认为这一发现应在公元前 400 年至公元前 360 年之间，而最可能的时间是在公元前 364 年夏天。② 这就再次证明了甘德确是战国中期的一位天文学家。

甘、石所取的星名，往往借用神名，如丰隆、玄冥、王相、轩辕等均是。太一之称与此相同，这些都是燕齐方士惯用的手法。由此可以推断，太一作为神而出现，为时甚早。因为这里经历着一段演变的过程，首先要有某种神的出现，然后经过方士的利用，把他升到天上，这样的过程，非一蹴可就。燕齐方士利用道家的思想资料而构拟成太一神，然后由甘、石等人拟为星名，再经过广泛流传，为文士所采用，写入文

---

① 上田穰《石氏星经の研究》，载《东洋文库论丛》东京第 12 期，1929 年日文版。能田忠亮《甘石星经考》，载《东方学报》京都第 1 号，1931 年日文版。新城新藏《中国上古天文》八《战国时代之天文》，沈濬译，中华学艺社 1936 年出版，商务印书馆发行。

② 《光明日报》1981 年 4 月 7 日。席氏论文《伽利略前二千年甘德对木卫的发现》，载《天体物理学报》第一卷第二期。

章。处在历史脉搏跳动缓慢的古代，不言可知，定然需要经历相当长的年代，才能完成其全过程。据此可知，"太一"星的出现固然远在韩非之前，"太一"神的出现也应当远在屈原之前。

古代把天上的星分为"五宫"，其居中者为"中宫"。《史记·天官书》上说："中宫天极星，其一明者，太一常居也。"①这个"太一常居"之星应当就是《韩非子·饰邪》中的"太一"星了。尽管韩非用以记载星占的文字过嫌简略，有关这些星的性质很难一一确说，但因"太一"的地位极为尊崇，天上不可能有两个太一星出现，因而二者应当同指一物。

《淮南子·天文》上说："太微者，太一之庭也；紫宫者，太一之居也。"《春秋元命苞》上说："天生大列为中宫太极星，其一明者，大一常居。傍两星巨辰子位，故为北辰以起节度，亦为紫微宫。'紫'之言此也，'宫'之言中也。此宫之中，天神图法，阴阳开闭，皆在此中也。"②二说与《史记》所言基本内容是一致的。这些学说应当同出一源，均承前代的星象学说而来，曾受甘、石的影响。

韩非在《饰邪》篇中对星占之说作了尖锐的批判，他所提到的星名，出于甘、石或这一系统的人物，应该是不成问题的。司马迁的天文学说，也出自这一系统，《史记·太史公自序》曰："太史公学天官于唐都。"此人就是一个方士。《史记·历书》曰："至今上即位，招致方士唐都，分其天部。"而《天官书》则曰："夫自汉之为天数者，星则唐都，气则王朔，占岁则魏鲜。故甘、石历五星法，唯独荧惑有反逆行；逆行所守，及他星逆行，日月薄蚀，皆以为占。"《史记会注考证》引猪饲彦博曰："言甘、石历法，五星唯火星有逆行。至汉为天数者，其法详备，于是火

---

① 《汉书·天文志》作"泰一之常居也"。

② 《玉函山房辑佚书》本。

星逆行所守，及土、木、金、水逆行，日月薄蚀，皆有占也。”可知先秦时期和汉代有关星象的记叙，一系相承，可以综合起来考察。

这个“太一常居”之星，唐代之后称为帝星，现代天文学上则称之为小熊座β。现在这个星离开北极已经较远了，只是地球绕日运动有岁差的关系，两千年以前的北极并不在现在的地方，那时小熊座β离开北极确是很近的。帝星（小熊座β）虽是二等星，但在北极附近却是最亮的明星，周人也就把它看作当时的北极星了。这个位于“天中”的极星并不位于周王室的上空，而是位于齐国的上空，则已经过燕齐方士的改作，他们基于当时的政治地域观念而把极星命名为“太一常居”了。

早在周代初期，齐、鲁之地的文化水平一直占全国的首位，春秋、战国之时，鲁国的国力急遽下降，而齐国的国力则一直保持强盛。战国中期，稷下之学繁荣昌盛，成了全国文化的中心，齐国的地位更见超越了。天下四分五裂，周天子的声威已经扫地以尽，于是齐之自以为天下中心，更是觉得当之无愧了。就在这样的形势下，形成了齐居天下之中的说法。《尔雅·释言》：“齐，中也”，《释地》：“岠齐州以南戴日为丹穴”，郭璞注：“齐，中也。”《列子·黄帝》篇：“不知斯齐国几千万里”，《汤问》篇：“犹齐州也”，张湛注并曰：“齐，中也。”可知齐地确有地中之谓。

与此相应，齐地上空的部位也居天顶之中。《史记·封禅书》：“齐所以为齐，以天齐也”，裴骃《集解》引苏林曰：“当天中央齐。”又《封禅书》“天齐渊水，居临菑南郊山下者”句下，司马贞《索隐》转引解道彪《齐记》云：“临菑城南有天齐泉，五泉并出，有异于常，言如天之腹齐也。”可见天之中心与齐之都城保持着对应的关系。

按“齐”之训“中”，古籍屡见，《庄子·达生》篇：“与齐俱入”，陆德明《释文》引司马彪曰：“齐，回水如磨齐也。”则是物之中央亦称为齐。

腹部之脐居人身的中央,《仪礼·既夕礼》:“齐三采无贝”,郑玄注:“齐居柳之中央”,贾公彦疏:“以其言齐,若人之齐(脐),亦居身之中央也。”后来的人也常是以腹脐之脐来解释齐国之得名的。刘熙《释名》卷二《释州国》曰:“齐,齐(脐)也。地在勃海之南,如齐(脐)之中也。”于是地之腹脐正当天之腹脐,天中、地中正相对应。由天中最为尊显的“太一常居”之星,又可以反证地中的齐地必有最为尊显的太一神。

韩非把“太一”看作位于齐国上空,齐人则认为此星正在他们的天顶之上。燕齐方士把占有文化高峰地位的齐国作为活动基地,承袭了齐居天下之中的共通观念,提出了齐国都城位处地之腹脐的学说,并且构拟了齐地正对天之腹脐的学说。他们又构拟出新兴的至上神太一,并把他的影子投掷到天上。这就是“太一”在方士中流传的经过。

但这位至上神毕竟是种新的产物,所以流传不广,也没有得到统治者的正式承认。他既没有资格与原有的八神并列,爱好神仙的秦始皇东巡时也不予理睬,可见他的影响还很有限,不足与其他大神抗衡。由此可知,太一神的活动范围在很长的一段时间内停留在方士影响所及的民间。

各诸侯国中纷纷涌现出带有地方色彩的上帝

这样一个性质特殊的上帝又在何种政治条件之下产生的呢?

解答这个问题时,需要简单回顾一下有关“上帝”发展的历史。

正像近代宗教学所证明的那样,神界的一切,都是人世间活动情况的曲折反映。人类处在氏族社会的时候,生活的地区非常狭小,他们所尊奉的氏族神,所能发生影响的范围,也很有限。其后随着社会组织的不断扩大,神的辖区和活动范围也随之不断变更,氏族神转变为部落神,部落神转变为部族神,随着阶级社会的产生,大一统帝国的形成，统率群神的上帝也就出现了。恩格斯指出："没有统一的君主就决不会出现统一的神，至于神的统一性不过是统一的东方专制君主的反映，无非那个神支配着形形色色的自然现象，联合着各种互相对抗的自然力，而这个君主在表面上或实际上联合着利益冲突、彼此敌对的人。"①我国古代出现上帝的历史与此完全相合。

按照信史记载，殷商是我国历史上建立起第一个具有较完整的政权形式的国家。它的社会支柱则是残酷的奴隶制度。为了配合肉体上的奴役，在精神领域内也出现了与之相应的宗教。作为商王影子的上帝高高升到天上去了，天上上帝的威严保证了下界商王的不可侵犯。这位具有政治作用的上帝就被殷商王室虔诚地尊奉着。

商人的上帝是有意志的一位人格神，他能主宰风云雷雨，并能降祸施福。我们从卜辞中可以看到，人们是怎样小心地在向上帝求教；为了讨好上帝，人们奉献出大量的牺牲。掌握人间一切大权的商王，也表现出诚惶诚恐的样子，假借上帝的威灵来行事。《尚书·盘庚下》："肆上帝将复我高祖之德"，说明统治者的一切行动都是遵照上帝的意志来办理的。

周初的上帝尚能保持应有的威风，我们只要读读铜器铭文或《周颂》、周《诰》，就能看到人们仍以虔诚的心情尊奉着上帝。《诗经·大雅·皇矣》上说："皇矣上帝，临下有赫！"这就把上帝的声势充分表达出来了。

但时至西周末年，情况却起了变化。王室政治上的混乱，反映到天上，上帝的威灵随之也发生了动摇。作为周天子象征的上帝，变成了人们诅咒的对象。《诗经》上面就曾记载下这样的字句：

---

① 恩格斯致马克思（布鲁塞尔，1846 年 10 月 18 日于巴黎），《马克思恩格斯全集》第二十七卷，人民出版社 1972 年版。

上帝板板，下民卒瘅。……天之方难……天之方蹶……天之方虐……天之方慥……（《大雅·板》）

荡荡上帝，下民之辟。疾威上帝，其命多辟。天生烝民，其命匪谌。靡不有初，鲜克有终。（《大雅·荡》）

天上的动静与地下的动静，可谓肸蠁相应。平王东迁之后，天子地位下降，只顶一个天下共主的名号罢了。社会的动乱，颠倒了周人倚为性命的礼制，原来规定得非常严格的祭祀制度，至此也发生了变化，一些本该由王室祭祀的尊神，此时竟由实际代行天子职责的霸主来祭祀了。祭祀大权的转移正好表现出政权的转移。春秋时期最懂道理的子产都曾说过如下的话：

郑简公使公孙成子来聘。平公有疾，韩宣子赞授客馆。客问君疾，对曰："寡君之疾久矣。上下神祇，无不遍谕也，而无除。今梦黄能入于寝门，不知人杀乎，抑厉鬼邪？"子产曰："以君之明，子为大政，其何厉之有？侨闻之：昔者鲧违帝命，殛之于羽山，化为黄能，以入于羽渊，实为夏郊，三代举之。夫鬼神之所及，非其族类，则绍其同位。是故天子祀上帝，公侯祀百辟，自卿以下，不过其族。今周室少卑，晋实继之，其或者未举夏郊邪？"宣子以告，祀夏郊，董伯为尸。五日，公见子产，赐之莒鼎。（《国语·晋语八》）

于此可见晋人实际上已在代行周天子的职务，把本不该由他们担当的郊祭大典占了过来。从子产的话中并可看出，当时的人认为这样做是完全应该的。王室威权的下移影响到大神地位的下移。不但如此，在中央政权削弱的情况下，君临全国的上帝也为之减色，而分处各地的诸侯国中却产生出富有地方色彩的"上帝"来。这些"上帝"不再寓有君临华夏的全国意义，只是局限于地方一隅，这是因为地方诸侯已经变成了事实上的一国之主，象征王室威权的上帝也就无所凭藉，只能衍化为带有地方保护神性质的各国上帝了。这是封建割据在宗教上的反映，下面可以举出些这方面的例子来。

（鲁）〔子服景伯〕谓太宰曰："鲁将以十月上辛有事于上帝、先王，季辛而毕。何世有职焉，自襄以来，未之改也。"（《左传》哀公十三年）

鲁人将有事于上帝，必先有事于頖宫。（《礼记·礼器》）

（秦）缪公虏晋君以归，令于国，"齐宿，吾将以晋君祠上帝。"（《史记·秦本纪》）

文公梦黄蛇自天下属地，其口止于鄜衍。文公问史敦，敦曰："此上帝之征，君其祠之。"于是作鄜畤，用三牲郊祭白帝焉。（《史记·封禅书》）

（楚）昔楚灵王骄逸轻下，简贤务鬼，信巫祝之道，斋戒洁鲜，以祀上帝，礼群神。躬执羽绂，起舞坛前。吴人来攻，其国人告急，而灵王鼓舞自若，顾应之曰："寡人方祭上帝，乐明神，当蒙福祐焉。"不敢赴救，而吴兵遂至，俘获其太子及后姬以下，甚可伤。（《太平御览》卷五百二十六引桓谭《新论》）

周代的政权组织本来就很松懈，封建诸侯在其境内掌握着巨大的权力，因此一些位于边鄙地区由其他部族组织起来的国家，一直保持着他们原有的上帝，而作为东方诸侯之长的鲁国，也有特权可以祭祀上帝。这些上帝应该正称之为秦国上帝、楚国上帝和鲁国上帝。

《史记·十二诸侯年表》上记载，秦襄公八年"初立西畤，祠白帝"。是年正值平王东徙，王室声势急遽下坠之时。《史记·六国年表》："太史公读《秦记》，至犬戎败幽王，周东徙洛邑，秦襄公始封为诸侯，作西畤用事上帝，僭端见矣。《礼》曰：'天子祭天地，诸侯祭其域内名山大川。'今秦杂戎翟之俗，先暴戾，后仁义，位在藩臣而胪于郊祀，君子惧焉。"此亦可见，处在原始宗教信仰笼罩下的古代，政治形势上的变化，会在宗教问题上突出地反映出来。

以上还只是文献上明白记载的几则，其他叙及各国君主与上帝发生关系的事件，那就更多了。

（晋） 梁山崩，以传召伯宗，遇大车当道而覆，立而辟之，曰："避传！"对曰："传为速也，若俟吾避，则加迟矣，不如捷而行。"伯宗喜，问其居，曰："绛人也。"伯宗曰："何闻？"曰："梁山崩，而以传召伯宗。"伯宗问曰："乃将若何？"对曰："山有朽壤而崩，将若何？夫国主山川，故川涸山崩，君为之降伏出次，乘缦不举，策于上帝，国三日哭，以礼焉。虽伯宗，亦如是而已，其若之何？"问其名，不告；请以见，不许。伯宗及绛，以告，而从之。（《国语·晋语五》）

（赵） 〔赵简子〕语大夫曰："我之帝所甚乐，与百神游于钧天，广乐九奏万舞，不类三代之乐，其声动人心。有一熊欲来援我，帝命我射之，中熊，熊死。又有一罴来，我又射之，中罴，罴死。帝甚喜，赐我二笥，皆有副。吾见儿在帝侧，帝属我一翟犬，曰：'及而子之壮也，以赐之。'帝告我：晋国且世衰，七世而亡，嬴姓将大败周人于范魁之西，而亦不能有也。"（《史记·赵世家》，并见同书《扁鹊仓公列传》）

（齐） 〔齐庄公祀神〕于上天子用璧玉一嗣。（《洹子孟姜壶》）

《晏子春秋·内篇·谏上》："景公疥且疟，期年不已，召会谴、梁丘据、晏子而问焉，曰：'寡人之病病矣。使史固与祝佗巡山川，宗庙牺牲珪璧莫不备具，其数常多于先君桓公。桓公一则寡人再。病不已，滋甚。予欲杀二子者，以说于上帝，其可乎？’”

《晏子春秋·内篇·问上》：“景公问晏子曰：‘寡人意气衰，身病甚，今吾欲具珪璧牺牲，令祝宗荐之乎上帝宗庙，意者祀可以干福乎？’”

（吴） 吴王还自伐齐，乃讯申胥曰：“昔吾先王体德明圣，达于上帝，譬如农夫作耦，以刈杀四方之蓬蒿，以立名于荆，此则大夫之力也。……（《国语·吴语》）

这些混乱的上帝到底说明什么问题呢？还是上面说的那个上下相应的道理，中央政权的削弱，导致地方势力的抬头，各国自成体系的政权要求产生维护自身利益的至上神，于是作为各国首脑影子的上帝纷纷出现。但是这些地方性质的上帝仍然沿用旧名词，或是说利用旧材料改装而成，所以不能令人产生新鲜的感觉。前人于此大都不能觉察“上帝”的性质已有改变，原因就在这里。

上帝处在衍化之中。各地新兴的上帝一时都还不能正式列入国家的祀典，他们随着政治形势的发展而不断酝酿，燕齐方士的构成太一，大约就是在这种情况之下，适应客观形势的要求，即齐地需要一个具有特色的上帝，而自然产生的。况且时至战国中期，全国复归一统的趋向已很明显，根据时势的发展，也要准备一个能够君临全国的上帝，“先天地生”的太一符合这种要求，于是他就自然而然地降生于世了。

上面介绍的是春秋、战国时期各国上帝的一般情况。值得注意的是：战国中期，秦国的上帝还有“西皇”的称号。

《离骚》：“朝发轫于天津兮，夕余至乎西极。凤皇翼其承旗兮，高翱翔之翼翼。忽吾行此流沙兮，遵赤水而容与；麾蛟龙使梁津兮，诏西皇使涉予。”王逸注：“西皇，帝少皞也。”

《远游》：“凤凰翼其承旗兮，遇蓐收乎西皇。”王逸注：“西皇，即少昊也。”

《史记·封禅书》上说：“秦襄公既侯，居西垂，自以为主少皞之神，作西畤，祠白帝，其牲用骝驹、黄牛、羝羊各一云。其后十六年，秦文公东猎汧、渭之间，卜居之而吉。文公梦黄蛇自天下属地，其口止于鄜衍。文公问史敦，敦曰：‘此上帝之征，君其祠之。’于是作鄜畤，用三牲郊祭白帝焉。”可见西皇即少皞，即白帝，亦即秦国上帝。

“西皇”之称还见于史书。

《史记·淮南衡山列传》：“〔伍被说淮南王曰：秦始皇〕又使徐福入海求神异物，还为伪辞曰：‘臣见海中大神，言曰：“汝西皇之使邪？”臣答曰：“然。”“汝何求？”曰：“愿请延年益寿药。”神曰：“汝秦王之礼薄，得观而不得取。”’”

秦王是西皇在地面上的代理人，照例可以借用西皇的称号。《吕氏春秋·恃君览·行论》载纣“欲杀文王而灭周。文王曰：‘父虽无道，子敢不事父乎？君虽不惠，臣敢不事君乎？孰王而可畔也？’纣乃赦之。天下闻之，以文王为畏上而哀下也。《诗》曰：‘惟此文王，小心翼翼，昭事上帝，聿怀多福。’”这里也是借用上帝指称人主，与《淮南列传》中的手法相同。汉代文献中不乏类似的例证。此亦可证秦王而称西皇，秦国上帝确有西皇的称号。

我们还应注意这样一件事实。战国之时，习惯上用“东”“西”两个方位名词专指齐、秦两国。《荀子·王制》：“东海则有紫紶鱼盐焉，然而中国得而衣食之；西海则有皮革、文旄焉，然而中国得而用之。”《吕氏春秋·孝行览·必己》：“〔鄙人〕谓野人曰：‘子不耕于东海，吾不耕于西海也。’”《史记·春申君列传》记春申君说秦昭王，以为从其谋则“王之地”可“一经两海”，《索隐》《正义》都认为指以齐、秦为两极的全国疆域。《尔雅·释山》：“泰山为东岳，华山为西岳。”亦以东、西分指齐、秦。《山海经·西山经》上还有“西皇之山”一名，此经所记的山川，其可考者大都位于秦国疆域之内。《山海经》是原始宗教和神话的宝库。据后人考证，“五藏山经”应当产生于战国之时。这与《楚辞》《史记》等书中记载的“东皇”“西皇”出现的年代相一致。

地域既明，我们也就可以了解到“东皇”“西皇”得名的由来：秦国上帝一称“西皇”，则齐国上帝也可称为“东皇”；而齐国上帝原名“太一”，至是乃重床叠屋复称“东皇太一”。这样的构名方式，与其他宗教名词有类似处，如“土地菩萨”“玉皇大帝”“耶稣基督”“佛陀毗湿纽”等均是，这种名称在宗教上是并不罕见的。

带有浓郁地方色彩的齐国上帝“东皇太一”一名就此产生了。

东帝在天上的投影——东皇

这里还可以再简单地谈一下“霸”“王”“帝”“皇”等词的涵义和演变。

商、周两代，一般都用“王”字称人王，“帝”字称上帝，二者之间大体有轨辙可循。但到周末，许多强大的诸侯都自封为“王”，因而这个极为尊严的名词也就显得平常了。为了另找一个适当的词汇来表达霸主的烜赫，原来专门用以代表天神的“帝”字就被移用到人间，而原来专门用为形容词的“皇”字却被移用去代表上帝了。

《管子》中有一段文字，恰切地反映了战国时期社会观念的变迁。

明一者皇，察道者帝，通德者王，谋得兵胜者霸。(《兵法》)

列入这四种类型中的统治者，都有很高的声望和威力，但其间还有上下之分。“明一者”高于“察道者”，可知此“一”即至高无上的“道”，它有别于一般人所说的天道；“察道者”高于“通德者”，因为“德者，道之功”，德只是道在某一方面的具体体现；“通德者”高于“谋得兵胜者”，因为后者只是以武力逞能，所得更为狭小了。这种“皇”“帝”“王”“霸”之间不同等级观念的出现，乃是时代发展的结果。春秋五霸之“霸”，已经居于末品，战国时人不再满足于称霸主盟；这时称“王”的人多了，因而也已不显得突出；有能力的君主，应该更上一层，称“帝”于天下。至于说到发扬光大那至高无上的“一”，则只能是天神的事，非人世间的统治者所能担当的了。《管子》一书中包含有很多齐国稷下学派的原始资料，《兵法》中的这些观点，正好反映了“东皇太一”之所以得名的社会观念。“东皇”是东方的“明一者”，即东方的天神；“东皇太一”是东方的上帝太一，也就是齐国的上帝太一。

秦始皇统一六国之后，不满足于称“帝”而改称“皇帝”，也可从这种观念中窥见其消息。因为前此各国事实上已经纷纷称帝，只用一个“帝”字不足以显示尊严，必须再加上“明一者”的“皇”字，才能显示其至高无上、无与伦比，于是他就明令采用“皇帝”这一称呼了。

战国群雄由霸主发展到皇帝的历史，还经历着一段曲折的过程。

战国初期，魏国曾崛起称雄，但在齐、秦两国的一再打击下，历时不久，国势即告削弱，于是在群雄并立的情况下，长期存在着齐、秦对峙的局面。齐国自齐威王起，秦国自惠文王起，各自雄峙一方而成各不相下之势。楚国地方广大，兵力众多，也是一支举足轻重的力量，但从楚怀王中期起，不断遭到以秦为首的各国的打击，国势不断遭到削弱。而且楚人与北方中原各国属于不同的文化系统，周人之后的诸侯国从不把它作为政治文化中心而尊奉，这是与齐有所不同的。

早在春秋之时，楚国即已称王，到了战国之时，中原各国也陆续称起王来了。自公元前334年齐、魏“徐州相王”之后，秦国也在公元前325年称王，而在公元前323年，魏、赵、韩、燕、中山又相继“五国相王”。即使像宋国这样的小国，灭亡之前也要称王一番。可见这时的“王”，已经显得很平常，不再具有天子之尊的突出意义了。于是秦国便处心积虑想与齐国一起称帝，以示超越于其他各国。

《韩非子·内储说下(六微)》中说：“穰侯相秦而齐强。穰侯欲立秦为帝而齐不听，因请立齐为东帝，而不能成也。”按魏冉自秦昭襄王十二年起即任秦相，他的谋求秦称西帝而推尊齐为东帝，非一朝一夕之谋。果然，历史上出现了东、西帝并峙的局面。

> 《史记·田敬仲完世家》：“〔齐湣王〕三十六年，齐王为东帝，秦昭王为西帝。”①
>
> 《史记·秦本纪》：“〔昭襄王〕十九年，王为西帝，齐为东帝。”

以上表明，秦的独立称帝蓄谋已久，而在意识形态方面为齐王起参谋作用的稷下学者也早在纷纷议论称帝之事了。《管子》中的《乘马》《玄宫》②《玄宫图》《兵法》等文中把统治者分为“帝”“王”“霸”等几个层次，并且大力论证超越“王”“霸”之上“帝”者之尊贵，说明稷下学者认为齐称东“帝”之事已经成熟，所以在舆论上早作准备了。

---

① 按此事并见《战国策·齐策四》及《史记·六国年表》《魏世家》《穰侯列传》《范雎蔡泽列传》等文。又按《竹书纪年》，齐称东帝时在湣王十三年。

② 原书作“幼官”，今从何如璋、闻一多、郭沫若说改，见《管子集校》中之《幼官篇》第八，科学出版社1956年版。《玄宫图》原书亦作“幼官图”，今亦据改。玄宫即明堂。

这种两国同时称帝的局面，虽因苏秦的计谋而遭到破坏，但齐、秦具有东、西二帝身份却是早就存在的事实，大家一直用这种眼光看待他们，后来的人一而再地企图恢复东、西帝的局面。

两年之后，齐湣王灭宋，声势更见烜赫，《史记·田敬仲完世家》还说："齐南割楚之淮北，西侵三晋，欲以并周室，为天子。……诸侯恐惧。"苏代便劝燕昭王以穷齐之说说秦王，有云：

> 秦为西帝，赵为中帝，燕为北帝，立为三帝而以令诸侯。韩、魏不听则秦伐之，齐不听则燕、赵伐之，天下孰敢不听？（《战国策，燕策一》）①

这项三帝并立的计划最后也没有实现，但从中可以发现很多问题。从西帝、中帝、北帝的地理位置来看，齐王若要称帝，那是当之无愧的东帝身份，这里所以不称他为东帝，目的就在排斥他称东帝罢了。这里也不尊楚为"南帝"，说明在北方各国人的心目中，楚国是不能成为政治文化中心而驾临其他国家之上的。

齐湣王是事实上的"东帝"，这在他在位时，情况一直如此。

> 齐湣王亡居卫，谓公王丹曰："我何如主也？"王丹对曰："王贤主也。臣闻古人有辞天下而无恨色者，臣闻其声，于王而见其实。王名称东帝，实辨天下。去国居卫，容貌充满，颜色发扬，无重国之意。"王曰："甚善！丹知寡人。寡人自去国居卫也，带益三副矣。"（《吕氏春秋·贵直论·过理》）

---

① 按此事并见《史记·苏秦列传》《战国纵横家书》二十《谓燕王章》，后书由文物出版社于1976年出版。

齐湣王一直享有“东帝”的身份。直到他的晚年，遭到燕、秦等国的打击，国力大为削弱之时，情况仍然如此。其后齐襄王即位，起用田单等名将，国势又有恢复。可见上下数十年间，齐国一直是东方独一无二的大国，齐国君主始终具有“东帝”身份。

“东皇太一”一名就是在这样的历史条件下产生的。既然地上的秦王、齐王称为西帝、东帝，那反映在天上的两国上帝当然也会称为西皇、东皇了。燕齐方士在构拟的“太一”头上再安上这么一个新名词，这就是“东皇太一”得名的由来。这样的历史演变过程完全符合马克思主义宗教学说的原理。

“东皇太一”一名，汉以前的古籍仅此一见。这是一件非常有趣的事。幸亏《楚辞》中保留下这个名词，从而使得后人能以掌握“太一”的性质，进而了解到战国中后期的一些宗教情况。

“东皇”“西皇”之名同时出现在屈原的笔下，从时间方面来说，也完全合适。齐、秦并立的局面，楚威王时已经形成；二者正式打出东、西帝的旗号，正当顷襄王时。在这中间的一段时间内，齐、秦两国的君主事实上一直享有东、西二帝的身份。这种微妙的政治形势，迟早会曲折地反映到宗教领域中去。当然，这种上下相应的关系并不一定会像影之随形那样截然同步，“东皇”“西皇”之称，有可能在“东帝”“西帝”二名出现之前就已形成，也有可能会在这种政治局面明朗之后才告出现，但依宗教上的一般规律而言，二者之间有其内在的紧密联系，则是必然无疑的。

屈原的写作《九歌》，看来已在顷襄王时，那时他在政治斗争上已经失败，但创作才能正极旺盛，因而最有可能写出文采斐然而又带有惆怅失意情调的《九歌》。《九歌》应当是屈原后期的作品。

最后还可附带讨论一个与此有关的问题。《文选》五臣注于《九歌·东皇太一》题下注曰：“太一，星名，天之尊神。祠在楚东，以配东帝，故云东皇。”后来许多著名的《楚辞》学者经常把这看作王逸的注释，作为第一手资料而援用，证明楚国确有祭祀东皇太一的典礼。他们大约是把洪兴祖《补注》中引用的五臣注错看成是王逸的注释了。查涵芬楼影印宋本六臣注《文选》（即四部丛刊本），就可知道这些话原是吕向的注释，说明这种误解本来是很容易避免的。怎么可以把后起的一些水平不太高的学者那种望文生义的注释作为立论的有力根据呢？若说东皇太一是楚人奉祀的尊神，那为什么不在京城筑祠，而要安置到楚东？“楚东”只是泛指，不知具体指的是什么地方？用以奉配的“东帝”，又指的是什么？……这些都是吕向无法作出明确解释而使用的敷衍搪塞之词。后人不加细察而信从这样的浮说，未免过于轻信。不过吕向也看到了“东皇”该与“东帝”相配，“东皇太一”不能在中原地区之南的楚国京城祀享，只能放到楚国的东边去，则又说明他在这些问题上还是具有一定的敏感性。

燕齐方士谬忌把太一引入汉朝宫廷

也许有人会问：那么汉代的太一为什么又不称“东皇”了呢？

为了说明问题，我们还得先从汉初的宗教制度说起。

刘邦入据关中，建立刘汉皇朝，在宗教制度方面大都沿袭秦人，只在个别地方有所增损，这在前面已经作了介绍。《史记·封禅书》上说：

> 二年，东击项籍而还。入关，问：“故秦时上帝祠何帝也？”对曰：“四帝，有白、青、黄、赤帝之祠。”高祖曰：“吾闻天有五帝，而有四，何也？”莫知其说。于是高祖曰：“吾知之矣，乃待吾而具五也。”乃立黑帝祠，命曰北畤。有司进祠，上不亲往，悉召故秦祝

官，复置太祝、太宰，如其故仪礼。因令县为公社。下诏曰："吾甚重祠而敬祭。今上帝之祭及山川诸神当祠者，各以其时礼祠之如故。"

秦国旧有白、青、黄、赤四个上帝，其中除了白帝本属秦地原始信仰之外，其他青、黄、赤帝则是依据五行的道理陆续构成的。这当然也是方士的杰作。白、青、黄、赤四帝的产生与方位有关。因为秦国长期株守西陲，疆域比较固定，因此陆续产生了相应的方位神。有人以为秦国祀青帝之时年代较早，五行学说尚未完全构成，因此秦国的青、黄、赤帝不可能与五行学说有关。这是一种倒果为因的看法。因为五行之起，原先也是初民在日常生活中观察到外界景物的变化，联系到方位与景物的色彩，才陆续构拟成的。就在甲骨卜辞和《山海经》等原始资料中，就已记载着四时与四方的配置。一些学者起而把它组织成系统完整的学说，那是比较后起的，但也可以看到，周代产生原始的五行学说则是完全可能的了。[①] 秦国君主依据原始信仰而崇祀方位神，但因秦地北接匈奴，疆界最不固定，其间又杂有匈奴杂祠，故而难于产生出相应的方位神——黑帝。《史记·秦始皇本纪》记始皇三十三年，"又使蒙恬渡河，取高阙、阳山、北假中，筑亭障，以逐戎人。徙谪，实之初县。禁不得祠。"可见秦人五帝之中独缺黑帝完全有其客观原因。刘邦有见于此，他本想利用迷信来蒙蔽人民，张皇神异，所以径自补入黑帝，凑足五帝数目。五帝是汉初的至上神，集体起了上帝的作用。文帝、景帝时都尊奉五帝，武帝初年也还如此。

---

① 参看郑文光《中国古代的自然哲学与天文学思想》，载《中国哲学》第二辑，三联书店 1980 年版。

《史记·封禅书》:“〔文帝十六年〕作渭阳五帝庙,同宇,帝一殿,面各五门,各如其帝色。祠所用及仪亦如雍五畤。夏四月,文帝亲拜霸、渭之会,以郊见渭阳五帝。五帝庙南临渭,北穿蒲池沟水,权火举而祠,若光辉然属天焉。……文帝出长门,若见五人于道北,遂因其直北立五帝坛,祠以五牢具。”

《史记·封禅书》:“数年而孝景即位。十六年,祠官各以岁时祠如故,无有所兴,至今天子。”

《汉旧仪》:“五仪(?)元年,儒术奏施行董仲舒请雨事,〔武帝〕始令丞相以下求雨雪,曝城南舞童女,祷天神五帝。”(《太平御览》卷五百二十六引)

但这种情况毕竟是不正常的。大汉帝国统一天下已将百年,皇帝的威权早已稳定巩固,而上帝的威权却始终未能相应地建立。天上缺少一个统率群神的上帝,这与地下早已归于一统的政局不合。显然,五帝分立的局面不足以应付新的形势了。这种情况本来早就应该有所改变,但高祖、吕后事属草创,文、景之世政主因循,对于宗教上的混乱局面未能有所改变。武帝即位,国力更盛,客观形势要求他有较大的变动,而他本人又是一个好大喜功的人,西汉初年的政制至此遂发生了根本性的改变。宗教上的许多问题也就提到日程表上来了。

客观形势迫切需要代兴一个全能的上帝,方士谬忌也就应运而来,介绍进原属齐地的上帝“太一”。

《史记·封禅书》:“亳人谬忌奏祠太一方,曰:‘天神贵者太一,太一佐曰五帝。古者天子以春秋祭太一东南郊,用太牢,七日。为坛,开八通之鬼道。’于是天子令太祝立其祠长安东南郊,常奉祠如忌方。”

按古代称亳之地甚多，中有所谓西亳、南亳、北亳等处。《汉书·地理志》记山阳郡有薄县，臣瓒曰："汤所都"，其地即古北亳，战国时所谓齐济西地，在今山东曹州境内。《汉书·郊祀志上》说："亳人谬忌，奏祠泰一方。"颜师古引如淳曰："亳亦薄也。"又引晋灼曰："济阴薄县人也。"由此可知谬忌确为"海上燕齐怪迂方士"之一。上面的分析已经表明，"太一"为燕齐方士利用道家本体论中的已成材料改作而成者，至是乃由后辈方士谬忌挟入京师，取五帝而代之。从谬忌的籍贯和身份上，也可以了解到"太一"原是齐国的上帝。

太一位居群神之首，只能由天子祀之于京畿。除长安东南郊外，西北甘泉宫中亦祀太一，《汉书·礼乐志》曰："至武帝定郊祀之礼，祠太一于甘泉，就乾位也。"因为甘泉原是方士活动的主要场所，而汉武帝又常去那里与鬼神通的缘故。

一般来说，至上神应该在京师受享。太一之神，其他地方没有资格设坛奉祭，但有一个地方可以例外，那就是位处东方的齐地。《汉书·郊祀志下》说："初，天子封泰山，泰山东北址古时有明堂处，处险不敞。上欲治明堂奉高旁，未晓其制度。济南人公玉带上黄帝时明堂图。明堂中有一殿，四面无壁，以茅盖，通水，水圜宫垣，为复道，上有楼，从西南入，名曰昆仑，天子从之入，以拜祀上帝焉。于是上令奉高作明堂汶上，如带图。及是岁修封，则祠泰一、五帝于明堂上坐，合高皇帝祠坐对之。……"颜师古注："汶，水名也。出琅邪朱虚。"或许因为太一原产于齐地，故而可以进入汶上明堂中去的吧。班固在《汉书·地理志》琅邪郡不其县下自注曰："有太一、仙人祠九所，及明堂，武帝所起。"不其地处今之胶东半岛，左右邻海，正是古代酝酿神异事迹的温床，也是燕齐方士出没的场所。此地享有建置太一祠的特权，说明它与太一神的产生密切有关，武帝于京城、泰山之外特地在这里建祠，大约也是追本溯源不忘厥初的意思吧。

“东皇太一”之所以重新改名为“太一”，也就不难了解。因为这时全国早已统一，“东皇”“西皇”之称已经失去凭藉，因而原属秦地的上帝仍旧称为白帝，齐地的上帝仍旧称为“太一”了。

太一虽然高踞群神之首，但他毕竟缺乏原始信仰做基础，产生的时代又已远离人类童年，所以不能达到深入人心的结果。他之所以能够始终保持尊显，只是由于历代统治者在政治上加以支持的缘故。后代各个皇朝的宫廷内都奉祠太一。关于太一在道教中的地位和发展，顾颉刚和杨向奎合著的《三皇考》一书论叙甚明，[①]这里就不作介绍了。

齐国文化的影响

由上可知，汉代初年的政治制度，继承秦、楚两国的地方最多，但在天文和宗教方面，则受齐国的影响至巨。刘汉王室先接受了燕齐方士的天文体系，后来又尊燕齐方士所构拟的太一为至上神，至是天上的星辰与地上的尊神乃告相应。天上的星辰与地上的尊神结合成一道轴心，由东方的齐地先后移植到了西方，并且一直在我国古代的天文和宗教领域内占着重要的位置。齐国的宗教和天文学在我国古代文化中曾经起过非常巨大的影响。

---

① 《三皇考》，载《燕京学报》专号之八，哈佛燕京学社 1936 年版。后又收入《古史辨》第七册中编，开明书店 1941 年版。

五、楚祀河伯辨

我国古代把神分为天神、地祇、人鬼三类。如果把《九歌》中的神依此分类，则应分列如下：

天神——东皇太一、东君、云中君、大司命、少司命

地祇——湘君、湘夫人、河伯、山鬼

人鬼——国殇、礼魂

这三类神祇的性质有所不同。仅依其流动性而言，按照我们对宗教学说的粗浅理解，似乎可以这样说：天神、人鬼的流动性较大，即广泛移植他地的可能性较多；地祇的流动性较小，其活动范围带有更多的区域性。

这是什么缘故呢？

大家知道，宗教产生在人类的童年时代。那时人类还不够坚强有力，不得不屈服在自然力量的威慑之下；同时还由于初民文化知识的低下，误认为一切难于理解的自然力量都具有与人类同样的力量，于是人们膜拜自然界的"精灵"，祈求福佑。在人类历史上，出现了所谓"万物有灵论"的时期。当然，在人们崇拜的一切自然物中，也并不是说每一样东西的精灵都具有同样重要的地位，而是凡与人们生活最密切相关的东西，才首先得到祭祀者的注意。渔猎民族、游牧民族和农业民族的崇拜对象各有不同，早为人类学家所证明。

宗教祭祀的范围，与社会组织的范围保持着平行的关系。当初民还处于氏族社会阶段时，由于生活圈子的狭小，崇拜的神祇性质也很简单，除了可能有抬头即见的天、地、日、月等神之外，还有与社会组织相应的氏族保护神，而山川之神则限于与此氏族生活有关的狭小范围

之内。随着社会的进步，氏族发展为部落，随后又发展为部族，神祇的性质也跟着复杂起来。部族保护神的地位升得更高了，原有的那些部落保护神或氏族保护神，或者作为幸运儿而逐步上升为部族保护神，或者归入部族所祀的神组之内而降于次要的地位，或者径告失势而趋于消灭。这时各族所祀的天、地、日、月等神也都趋于统一融合。此外，由于部族活动地区的扩大，他们崇祀山川时，眼界也相应地更开阔了。可见人们崇祀神的范围，与自身的活动范围密切相关，而这一切又与他们的生活有着内在的联系。

马克思说："一定的国家对于外来的特定的神来说，同理性的国家对于一般的神来说一样，就是神停止其存在的地方。"[①]这项宝贵指示，对于我们理解神的区域性具有深刻的启发意义。

诸侯祀其土之山川

我国古代习惯上称地方神为地祇。一如上面所说，地祇的祭祀尤其带有明显的区域性。凡与本地人民生活无关的山川均不入祀典。

其实这些道理依靠常识也就可以了解。假如某人居住山西，那他无缘无故当然不会去祭祀湖南的某座山或某条水；反之，湖南人也不会无缘无故地去祭祀山西的某座山或某条水，因为这与他们日常的生活毫无关系。

这里还得先介绍有关祭祀地祇的一些礼制。

《国语·楚语下》："诸侯祀天地三辰及其土之山川。"

---

① 马克思《德谟克利特的自然哲学和伊壁鸠鲁的自然哲学的差别》，《马克思恩格斯全集》第四十卷，人民出版社 1982 年版。

《公羊传》僖公三十一年:“诸侯山川有不在其封内者,则不祭也。”

《礼记·祭法》:“诸侯在其地则祭之,亡其地则不祭。……山林、川谷、丘陵,民所取财用也,非此族也,不在祀典。”

《礼记·王制》:“诸侯祭名山大川之在其地者。”

为什么诸侯要祭祀其封内山川,《国语·鲁语上》中说:“夫圣王之制祀也,法施于民则祀之,以死勤事则祀之,以劳定国则祀之,能御大灾则祀之,能捍大患则祀之,非是族也,不在祀典。……凡禘、郊、祖、宗、报,此五者,国之典祀也。加之以社稷山川之神,皆有功烈于民者也;及前哲令德之人,所以为明质也;及天之三辰,民所以瞻仰也;及地之五行,所以生殖也;及九州名山川泽,所以出财用也。非是,不在祀典。”说明山川之所以入祀,与有功于社稷的人一样,只是由于它们对有关的人起了有益的作用。这就表明:上述封建教条僵硬的外壳之中包含着合理的内核,应当予以重视。

以上是对这项原则从理论上作出的考察。

古史上就有一些与此相合的实例。

首先,我们举刘邦的事为例。刘邦非但对家乡的大神有感情,就是对局促一地的小神也有感情。他把天神蚩尤迎入长安,但把地祇枌榆社仍留在当地。

《史记·封禅书》:“……后四岁,天下已定,诏御史,令丰谨治枌榆社,常以四时春以羊彘祠之。”

这位小土地似的枌榆社在《封禅书》上还有介绍。“高祖初起,祷丰枌榆社。”裴骃《集解》引张晏曰:“枌,白榆也。社在丰东北十五里。

或曰枌榆，乡名，高祖里社也。”说明枌榆社是刘邦未发迹前就已崇祀的一位家乡的地方保护神。

枌榆社虽是位处基层的地祇，在神界的地位甚为低微，但刘邦却始终敬礼弗衰。这里表现出了刘邦个人宗教信仰的强烈，也反映出了旧时遗留下来的民俗观念的深远影响。战国之时，进行战争的国家或城邑，都很重视祷请地祇的庇护。《墨子·迎敌祠》曰：“巫必近公社，必敬神之。……祝、史、宗人告社，覆之以甑。”同书《号令》曰：“望气者舍必近太守，巫舍必近公社，必敬神之。巫、祝、史与望气者必以善言告民，以请上报守。”刘邦起兵时虔诚地祷请地方保护神的庇佑，不正是上承这种旧有习俗而来的么？

天神蚩尤的流动性较大，地祇枌榆社的流动性很小，二者性质有别，就是刘家天子也不能过于勉强，只能让他们各得其所。

其次，我们举“诸侯在其地则祭之”的例子来看。

按天子诸侯祭其境内的名山大川，不亲临其地而遥祭，这在古代有个专门名词，叫作“望”。《史记·楚世家》载昭王曰：“自吾先王受封，望不过江、汉。”裴骃《集解》引服虔曰：“谓所受王命，祀其国中山川为望。”典籍上不乏这方面的例子，如《尔雅·释山》曰：“梁山，晋望也。”《诗经·大雅·韩奕》中曾歌颂梁山，《诗序》下孔颖达疏引孙炎曰：“晋国所望祭也。”可知“望”字已经成为名山大川的代称，并且寓有疆界之义。它的得名，乃由祭法而来。

梁山为晋国境内的著名大山，晋人奉之若神明，故有望祭之举。其他国家亦有有事于望的事。

《左传》昭公十二年：“初，〔楚〕共王无冢嫡。有宠子五人，无嫡立焉。乃大有事于群望，而祈曰：‘请神择于五人者，使主社稷。’乃遍以璧见于群望，曰：‘当璧而拜者，神所立也，谁敢违之？'"

《左传》昭公二十六年："〔王子朝曰：〕……至于夷王，王愆于厥身。诸侯莫不并走其望，以祈王身。"

《左传》哀公六年："〔楚昭〕王曰：'三代命祀，祭不越望。江、汉、睢、漳，楚之望也。'"

《淮南子·氾论》上说："赤地三年而不绝流，泽及百里而润草木者，唯江、河也，是以天子秩而祭之。"与此相应，北方与河有关各国则祭祀黄河，南方与江有关各国则祭祀长江。诸侯大夫祭其境内的山川之神，不论从理论上来说，或是从实例上来说，都是如此。

返观《九歌》诸神，不难发现，其中的河伯就有问题。因为黄河不在楚国的疆域之内，河非楚望，不应由楚人来祭祀。楚国宫廷之中固然不该祭祀河伯，楚国南疆沅、湘之间的百姓更是无缘祭祀河伯。

这是主张民间祭歌说和楚郊祀歌说的学者很难咽下的一个酸果。如果说，王逸、朱熹等人由于不懂宗教、民俗方面的理论，可以提出沅、湘之间的百姓祭祀河伯的说法，那么时至今日，就不应该再照搬古时的这种假说，而应该对它作一番认真的考核了。

为了阐明这个复杂的问题，这里还得对有关地祇的学说再作一番分析。

历史上确曾出现过另一情况，似乎发生过地祇迁于外地之事，这是不是上述原则的例外？应该作出解释。

鲁人一直祭祀殷人之社。《左传》闵公二年上说："成季之将生也，桓公使卜楚丘之父卜之，曰：'男也，其名曰友，在公之右。间于两社，为公室辅。'"杜预注："两社：周社，亳社。"说明鲁国都城之中确是立有两社。鲁为周天子分封的诸侯，故立周社；但他们非殷人之后，为什么还要立亳社呢？

《春秋》哀公四年“六月辛丑，亳社灾。”《左传》杜预注：“亳社，殷社。诸侯有之，所以戒亡国。”《穀梁传》范宁《集解》：“殷都于亳。武王克纣而班列其社于诸侯，以为亡国之戒。”这也可能只是望文生义的附会之词，未必切合实际，因为鲁国之外，史籍之中从未发现其他诸侯国的国都之中也有“亳社”的建立。

鲁人之立亳社，当是由于鲁国国中容纳着大量殷人之后的缘故。《左传》定公四年载子鱼追述周初史实曰：“分鲁公以大路、大旂，夏后氏之璜，封父之繁弱，殷民六族：条氏、徐氏、萧氏、索氏、长勺氏、尾勺氏，使帅其宗氏，辑其分族，将其丑类，以法则周公。用即命于周。是使之职事于鲁，以昭周公之明德。分之土田陪敦，祝、宗、卜、史，备物、典策，官司、彝器；因商奄之民，命以《伯禽》，而封于少皞之虚。……”这里是说武王克商之后，采取分封制度，将殷人之后或其统率的部族降为种族奴隶，由几个大的诸侯分头管辖。鲁人统属者为商奄之民。国中既有大量殷人聚居，那在原始宗教信仰控制下的古代，自然要立亳社以供祭祀了。这种“殷人之社”，表面上是把原在亳地的社神移来曲阜，实际上是在殷人后代的居住地点另立社神，这里所用的只是原来的名号罢了。

在枌榆社的问题上，后来发生过一些有趣的传说，可与亳社之说互证。《西京杂记》卷二曰：“高祖少时常祭枌榆之社，及移新丰，亦还立焉。”又曰：“高祖既作新丰，并移旧社。衢巷栋宇，物色惟旧。士女老幼，相携路首，各知其室。放犬羊鸡鸭于通涂，亦竟识其家。”潘岳《西征赋》中也说：“摹写旧丰，制造新邑，故社易置，枌榆迁立。街衢如一，庭宇相袭，浑鸡犬而乱放，各识家而竞入。”这种夸张的写法，显为小说家言，未必可信。枌榆社的搬迁，史书上无记载，也不可能真像《西京杂记》等文中所说的那么活灵活现。但当时既有新丰的设置，那倒也并不排斥有此新的地祇的设置。汉代统治者在新奉的土地上筹建一个新枌榆社，也就是在复制旧丰的基础上同时复制一个社神就是了。这个故事所透露的消息，和亳社的情况一样，也是符合宗教原理的。

根据信史记载和地下发掘的材料，楚国南边的沅、湘之间或本土的其他地方，古时从未移入过北方黄河流域的什么部族，因此就连亳社和传说中的枌榆社这样的情况都不可能发生，更不要说是什么很难移植的黄河之神了。不论从理论上说，或是从实际上看，楚人都无缘祭祀北方的地祇河伯。

楚人信守“祭不越望”的原则

或许有人会提出反驳，上述说法并不符合事实，楚人曾与河伯打过交道，并且正式祭祀过河伯。

不错，历史上确曾记载过楚人与河伯发生关系的事，这首先发生在春秋之时，前后一共有三次。应该对这些事件作出解释。

> 《左传》僖公二十八年：“初，楚子玉自为琼弁玉缨，未之服也。先战，梦河神谓己曰：‘畀余，余赐女孟诸之麋。’弗致也。”
>
> 《左传》宣公十二年：“〔楚庄王〕祀于河，作先君宫，告成事而还。”
>
> 《左传》哀公六年：“初，昭王有疾。卜曰：‘河为祟。’王弗祭。大夫请祭诸郊，王曰：‘三代命祀，祭不越望。江、汉、雎、漳，楚之望也，祸福之至，不是过也。不谷虽不德，河非所获罪也。’遂弗祭。”

这里楚人表现出来的不同态度，可以用来说明不同的问题。

首先应该注意上述三人与河神发生关系的地点。子玉北上，是为了参加城濮之战；庄王北上，是为了参加邲之战；昭王东下，是为了援陈，故军次城父。子玉、庄王驻扎在河边上，故亲与黄河打交道；昭王驻地与河尚有距离，故卜人扬言河神为祟。

子玉个性刚强，对河神的勒索毫不妥协。昭王是恪守封建礼制的君主，不作非分之事。于此可见，楚人对河伯的态度，非但不理不睬，而且倾向于敌对。

他们坚持"祭不越望"，因为"诸侯山川有不在其封内者，则不祭也。"

庄王祀河则有另外原因。黄河流经晋国，备受晋人崇敬，因此河神实有晋国保护神的性质。邲之战，楚人为了酬答当地山川之神，感谢他不从中捣乱，自当竭诚祭祀一番。因此，这次祀河纯属临时性质。这只要参看后代昭王的话即可明了。客军祭祀当地神祇的事件，古代其他国家也曾发生。约公元前396年，罗马的狄克推多卡密拉斯攻打维爱城时，为了求得当地大神的协助，乃隆重祭祀朱诺，即是一例。

这里还可以再举几个古代本国的例子。《史记·周本纪》叙武王伐纣之明日，"除道修社"（并见《逸周书·克殷》）；《左传》襄公二十五年叙郑师入陈，"祝祓社"。此外又如：

> 《左传》昭公十七年："九月丁卯，晋荀吴帅师涉自棘津，使祭史先用牲于雒。陆浑人弗知，师从之。庚午，遂灭陆浑。"
>
> 《谷梁传》定公四年："蔡昭公朝于楚，有美裘。正是日，囊瓦求之，昭公不与，为是拘昭公于南郢，数年，然后得归。归乃用事乎汉，曰：'苟诸侯有欲伐楚者，寡人请为前列焉。'"范宁《集解》曰："用事者，祷汉水神。"

雒水不在晋地，汉水之神非蔡所祀，但都得到外来者尊崇。因为二者威灵显赫，故越境来犯者得讨好他，打算越境来犯者也得讨好他。庄王之祭黄河，犹如荀吴之祭雒水，蔡侯之祭汉水。

这就再次证明了文章开端时说明的原则：宗教上的问题，看来玄虚奥妙，而其实质仍与人民大众的生活密切相关。楚人距离黄河尚远，并且境内自有像长江之类的巨流，那他们又怎么会越地千里而去祭祀域外的黄河呢？况且楚人本来就与北方各国具有不同的文化系统，心理上长期保持着敌对的情绪，这样也就更少可能去祭祀北方的地祇了。

楚国疆域从未扩展到黄河边上

某些学者有见于此，他们企图自圆其说，弥补缺憾，于是提出了楚地曾接黄河的新说。下面可以引用一些这方面的材料。

> 楚境北至于河，故河亦尝所望祀。（游国恩《论九歌山川之神》）①
>
> 或疑河非楚望，不应越祭。……按《九歌》所祀，本不可以礼经绳之，且河伯之说，本远古相传神话，奉而祀之者，不必定河水流域之人。况楚地当屈子时，已及河之南境，祀河伯非必不可之事。（刘永济《屈赋通笺》）②
>
> 楚国的国境北至于河，祀河本来是可以的。（孙作云《九歌非

---

① 游国恩《论九歌山川之神》，《国闻周报》第十三卷第十六期，后收入《读骚论微初集》，商务印书馆 1937 年版；《楚辞论文集》，古典文学出版社 1957 年新一版。

② 刘永济《屈赋通笺》卷三《九歌·解题第一》，人民文学出版社 1961 年版。

民歌说》)

“楚人信巫而好祠”,春秋时代,民间即已望祭河神,到了战国,楚国国境已有一部分北抵河岸,当然对黄河的祭祀更加盛行起来。(马茂元《楚辞选》)①

但从古代文献记载来看,楚国的疆域从未到达黄河流域。上述说法,不知根据何在?

下面也试征引一些材料进行论证。

楚国位居南方,疆域广大,但仍处心积虑向北发展。因为当时中国的经济文化中心在于北方,楚人若要图王争霸,首先就得吞并中原,为此他就利用其优厚的兵力,步步北进,中原各国则竭力抵抗。春秋之时,齐桓、晋文霸业的主要内容之一,就是联合北方各国,抵抗楚人的兵锋。战国之时,齐、宋、魏、韩、秦等国屡次与楚发生争战,也是为了阻遏楚人的北上。因此,楚国虽是想把疆域扩张到河边,只是由于北方许多强国的阻挡,这项雄心始终没有实现。

按楚人的向北发展前后大体可以划分为四个阶段。第一阶段,蚕食江、汉诸姬;第二阶段,灭陈;第三阶段,与三晋争夺河边之地;第四阶段,灭鲁。

早在西周初年分封诸侯之时,姬周王室已经考虑到要在江、汉之间布置一道防线,阻遏南方“蛮夷”的北上,藉以掩蔽中原腹地。他们在南方边缘地区分封了许多小国,只是这些小国力量过于单薄,因此当楚兴起后,非但无力抗衡,反而成了吞并的对象。于是汉水流域及其邻近之地,如聃、权、罗、卢戎、邓、鄀、谷、绞、申、吕、蓼;郧水流域及其邻近之地,如轸、贰、州、郧、赖、唐、随,次第为楚所灭。《吕氏春秋·

① 马茂元《九歌·河伯》,载《楚辞选》,人民文学出版社1958年版。

贵直论·直谏》记荆文王“后荆国兼国三十九”,[①]《韩非子·有度》记“荆庄王并国二十六,开地三千里”,这里有一些是当地原始部落或原始部族建立的国家,但也包括进了很多周人所封的国家。《左传》僖公二十八年城濮之战时,栾枝曾说:“汉阳诸姬,楚实尽之。”定公四年吴人谓随人曰:“周之子孙在汉川者,楚实尽之。”就是指楚前期的兼并活动而言的。

显然,这一时期的楚国与河不会发生什么关系。

楚人还步步进逼,向淮河流域发展,先后灭了息、弦、黄、蒋、江、蔡等国;此外还向淮水支流汝水、颍水等邻近的国家进兵,先后灭了道、房、柏、顿、蔡等国;其中尤以楚惠王十年灭陈之举最为重要。这时楚国的疆域已经奄有淮河流域,深入中原内地了。[②]

楚国已向黄河边上跨近了一大步,因此有的学者认为此时楚国已可祭祀黄河。像郭沫若就说:

> 《九歌》中的河伯,是祭河神的歌词。大家知道楚国的疆土,过去没有到黄河流域,迨楚惠王十年灭陈以后,疆土才达到黄河流域。楚惠王十年,即孔子死的一年。从这个年代以后,楚国才有可能祭河伯,才能有河伯的文章。[③]

但是这种说法之中仍然存在着很多障碍。因为陈国国土北边还

---

① 《说苑·正谏》记作“兼国三十”。

② 参看黄德馨《楚疆域变迁考略》,载《武汉师范学院学报》1980 年第 4 期;宋公文《春秋前期楚北上中原灭国考》,载《江汉论坛》1982 年第 1 期;何浩《春秋时楚灭国新探》,载《江汉论坛》1982 年第 4 期。

③ 郭沫若《屈原的艺术与思想》,原载《中苏文化》第十一卷第二、三期合刊,1942 年;今据《沫若文集》第 12 卷本,人民文学出版社 1959 年版。

有郑、宋等国阻隔，楚国还是无法接近河边；而且陈地不属黄河系统，而是属于淮河流域。历史上从无陈人祀河的记载，淮河流域自有其另成系统的水神。《太平广记》卷四百六十七《李汤》条记唐代楚州刺史李汤，闻渔人见龟山下水中有大铁锁，乃以人牛曳出，而风涛陡作，见一状类猿之怪兽上岸，久而引颈伸欠，双目忽开，徐徐引锁曳牛入水去。后李公佐于洞庭包山探仙书，得《古岳渎经》，上载禹治水时降伏淮涡水神无支祁事，始知其名。这种神异故事虽出后人记载，但也有它的古代传说背景。李肇《国史补》卷上"淮水无支奇"条引《山海经》云："水兽好为害，禹锁于军山之下，其名曰无支奇。"陶宗仪《辍耕录》卷二十九"淮涡神"条亦有征引，以为原出《山海经》，说明淮河流域的水神故事与河伯之说远不相涉，陈人不当祭祀河伯。

楚人灭陈之后，继续向北挺进，与三晋争夺河边之地，斗争甚为激烈。只是由于春秋末期、战国初期之时史缺有间，内中情况已经不能全部搞清，但我们在对各种史料作仔细的考查之后，认为还是有可能勾勒出各国疆域伸缩的概况来。

下面先把一些历史事实按年代排列如下：

《史记·楚世家》："〔悼王〕二年，三晋来伐楚，至乘丘而还。"

《史记·六国年表》："〔悼王〕三年，归榆关于郑。"

《史记·楚世家》："〔悼王〕九年，伐韩取负黍。"

《史记·楚世家》："〔悼王〕十一年，三晋伐楚，败我大梁、榆关。"

《战国策·齐策五》："〔悼王〕二十一年，楚人救赵而伐魏，战于州西，出于梁门，军舍林中，马饮于大河。"

《战国策·魏策四》："〔楚肃王〕六年，郑恃魏以轻韩，伐榆关而韩氏亡郑。"

《史记·楚世家》:"〔肃王〕十年,魏取我鲁阳。"

《汲冢纪年》:"梁惠成王九年四月甲寅,徙都大梁。"(《史记·魏世家》"安邑近秦,于是徙治大梁"句下裴骃《集解》引)

观察这一阶段的历史,可以看出这样一种形势,那就是楚人虽然屡次奋力北上,但始终不能站稳脚跟。在这些反复争夺的地方,大梁、榆关二地最可注意。大梁地当今之河南开封,榆关地当何处,说法有分歧,顾祖禹《读史方舆纪要》卷五十一《河南六》中说榆关在汝州境,可知其地在大梁的西南方,二地接近河边,形势甚为重要,故楚、魏、韩、郑等国争夺甚烈。据《六国年表》所言推断,榆关原来属于郑国所有,而在楚简王时曾一度为楚占领,但在悼王即位初期,三晋来伐之时,大约总是迫于形势,楚又不得不将此地归还郑国。悼王十一年时,楚与三晋又战于大梁、榆关一带,吕祖谦《大事记》中《解题》卷二:"大梁,魏地。不知楚追三晋之师至于是与?或者楚伐魏而韩、赵救之,《世家》误以为三晋伐楚与?"其中经过确难悉知,不过无论怎样,此时大梁、榆关之地非楚所有,则是可以肯定的。悼王二十一年时,楚之兵锋虽然曾经一度触及河边,但也只是在混战中临时扩张了一下,正如春秋邲之战时的情况一样。其后榆关又转入韩手,楚人更难与之争夺。时至肃王十年,北边疆域更往南移,距河更远了。到了楚宣王九年之时,魏定都大梁,自此楚人北出的途径完全被遮断,排除了接触河的机会。此后楚之北界大体上便又缩回到原来陈国的范围之内。

总的说来,在这短短的几十年中,楚人虽曾屡作努力,想在河边上占一地盘,只是由于三晋的崛起,这项愿望始终不能实现。这只要检查一下上面所引用到的一些材料即可明了。退一步讲,即使楚人在这短短几十年中的某一阶段曾经接近过河边,那也不能用来说明问题,因为这种临时性的扩张也不可能立即影响到千里之遥的"南郢之邑,沅、湘之间”的祭神大典，楚王也不可能立即把河祭列入国家祀典呀。

楚国覆亡之前不久，曾经一度回光返照，东灭鲁国。鲁国在政治上向来特殊，或许有人会想到，楚人是否会袭鲁人之旧，祭祀河神呢？

但这项设想也缺乏事实根据。因为黄河不经过鲁国疆土，故而即使像鲁国这样享有很多政治特权的国家，也不能祭祀黄河。《春秋》僖公三十一年“犹三望”，《左传》孔颖达疏：“郑玄以为望者，祭山川之名。诸侯之祭山川，在其地则祭之，非其地则不祭。且鲁竟（境）不及于河。《禹贡》：‘海、岱及淮，惟徐州。’徐即鲁地。三望，谓淮、海、岱也。”又《诗经·鲁颂·閟宫》：“奄有龟、蒙，遂荒大东，至于海邦”，孔颖达疏引“郑驳《异义》云：昔者楚昭王曰：‘不谷虽不德，河非所获罪。’言境内所不及，则不祭也。鲁则徐州地，《禹贡》：‘海、岱及淮，惟徐州。’以昭王之言，鲁之境界亦不及河，则所望者，海也，岱也，淮也：是之谓三望。”可见上述一些宗教原理还是潜在地起着支配的作用，鲁国也得信守“亡其地则不祭”的原则。再说楚之灭鲁已在考烈王七年，那时屈原已经死去多时，因而上述假设已经丧失前提，可以不必细论了。

胡文英《屈骚指掌》于《河伯》篇名下注曰：“楚自威王灭越之后，掠地至鲁，皆属楚境，故滨河。土俗祀之。屈子过之，因为作乐章以寓意。”此说游谈无根，征之史地均不合。

前面已经介绍过，持楚郊祀歌说的学者曾从祭祀制度着眼批判民间祭歌说，指出它不合宗教和民俗的原理，可惜他们不能从分析地祇的性质下手，以致功亏一篑。本文则对诸侯祀其山川的原理作了探讨，又对楚国的疆域作了考证，以此证明：楚地从未正式扩展到河边，因此楚人无祭河之可能。

战国时人对楚国疆域的描述

就在屈原的生活年代前后相去不远的一段时间内，曾有一些政治活动家对楚国的政治形势作过分析，叙述到楚国疆域的方位。他们的言论，颇有可与以上所言相印证者，值得参考，兹引用于下。

> 《战国策·楚策一》："楚，天下之强国也。……楚地西有黔中、巫郡，东有夏州、海阳，南有洞庭、苍梧，北有汾陉之塞、郇阳。"

按此乃苏秦说楚威王之语，并见《史记·苏秦列传》，惟末句作"北有陉塞、郇阳"。程恩泽《国策地名考》卷六据《左传》杜注以为"汾"即襄城县之汾邱城，"陉"即陉山，在郾城县，"汾陉之塞"即指汾邱、陉山之间百里之地而言。郇阳地在何处，说法甚为分歧，裴骃《集解》引徐广说以为即顺阳，张守节《正义》亦主此说，司马贞《索隐》则以为即新阳。后世多信从王应麟说，以为即《汉书·地理志》上的汉中郡旬阳县，见《通鉴地理通释》卷十《七国形势考》下篇。如王说为是，则郇阳位处楚之西北隅，乃秦、楚两国屡次交兵争夺者。楚国不能始终占有此地，后更长期为秦所占。且旬阳地邻汉水，属汉水流域，与河距离尚远，关系甚浅。

> 《战国策·秦策三》："楚苞九夷，又方千里。南有符离之塞，北有甘鱼之口。"

这是说客游说穰侯魏冉时介绍的情况。魏冉的活动年代正当楚怀王、顷襄王时，与屈原为同时人。

张琦《战国策释地》卷上曰："符离，故县在今凤阳府宿州北二十五里。甘鱼陂，在安陆府天门县西北。按南、北二字，恐上下互易。"符离、甘鱼，两地与河距离均甚远。

《荀子·议兵》："〔楚地〕汝、颍以为险，江、汉以为池；限之以邓林，缘之以方城。"(并见《商君书·弱民》)

按邓林一名并见《山海经·海外北经》，当指楚北邓地之山林而言；方城之名并见《左传》僖公四年，其地在今河南叶县之南。二地均不在河边。

荀子的生活年代正当楚顷襄王、考烈王时，与屈原年代相当或稍后，而记载楚国疆域如此，可证楚地从未接河。

先秦各家，荀子的言论最为核实，颇可信据。《淮南子·兵略》上说："昔者楚人地南卷沅、湘，北绕颍、泗，西包巴、蜀，东裹郯、邳。颍、汝以为洫，江、汉以为池，垣之以邓林，绵之以方城。"就是根据荀子的上述记载立论的。刘安袭楚故地，对于它疆域的四境，自然能有清楚的了解。

《史记·货殖列传》："夫自淮北沛、陈、汝南、南郡，此西楚也；……彭城以东，东海、吴、广陵，此东楚也；……衡山、九江、江南、豫章、长沙，是南楚也。"

这是司马迁综览全局之后作出的结论。这里谈到东楚和西楚，都没有到达河边。司马迁对战国历史知之最悉，意见值得参考，故一并加以引述。

上述各种说法，都是和屈原先后同时的人提出来的，结论基本上是一致的。楚地北边与韩国接壤，只是停留在今河南省南部的中段，没有到达河边。这是当时的人不抱成见的看法，应当可信。

河伯传说的区域性

黄河是我国北部最大的一条河流，它与中原各国的关系极为密切。当它性情柔和时，能予中原居民航运之利，供给两岸农田以水源，因而给广大区域内的百姓以生活上和生产上的便利。当它性情粗暴时，却又会扫荡一切，使大批百姓遭受灭顶之苦。它的一动一静，影响到中原地区居民的命运；尤其是在古代抵御天灾人祸能力很弱的时候，更是具有瞬息祸福的重大作用。因此，黄河流域的居民，上自天子，下至庶民，普遍崇祀河神。有关记载见之于古代史籍者甚众。

早在夏代，就有河伯的故事流传下来。

《天问》："帝降夷羿，革孽夏民，胡射夫河伯，而妻彼雒嫔。"王逸《章句》："雒嫔，水神，谓宓妃也。传曰：河伯化为白龙，游于水旁，羿见射之，眇其左目。河伯上诉天帝曰：'为我杀羿。'天帝曰：'尔何故得见射？'河伯曰：'我时化为白龙出游。'天帝曰：'使汝深守神灵，羿何从得犯汝？今为虫兽，当为人所射，固其宜也。羿何罪欤？'"

商、周两代的王室则已崇祀河神。前者如：

《铁云藏龟》第一百二十七页第二片："丙子卜，宾贞，燮珏酻河。"

《殷虚书契后编》上册第二十三页第四片："丁巳卜，其尞于河，牢，沈嫛。”

《小屯乙编》第7645片：“酌于河五十牛……五人卯五牛于二珏。”

西周君主祀河之举有：

《史记·鲁周公世家》：“初，成王少时，病，周公乃自揃其蚤，沈之河，以祝于神曰：‘王少，未有识。奸神命者乃旦也。’亦藏其策于府。成王病有瘳。”（并见《史记·蒙恬列传》）

《穆天子传》卷一：“癸丑，天子大朝于燕□之山，河水之阿。乃命井利梁固聿将六师。天子命吉日戊午，天子大服冕袆、帔带、搢曶、夹佩，奉璧南面立于寒下，曾祝佐之。官人陈牲全五□具。天子授河宗璧，河宗伯夭受璧，西向沉璧于河，再拜稽首。祝沉牛马豕羊。河宗□命于皇天子。河伯号之帝曰：‘穆满，女当永致用时事。’南向再拜。河宗又号之帝曰：‘穆满，示女春山之珤，诏女昆仑□舍四平泉七十，乃至于昆仑之丘，以观春山之珤。赐语晦。’天子受命南向再拜。”

《竹书纪年》：“夷王二年，蜀人、吕人来献琼，宾于河，用介珪。”（《太平御览》卷八十五引）

东周之后，祀河之举更盛。这里且将各国与河神发生关系的材料，自西至东，依国别排列于下：

（秦）《左传》文公十二年：“秦伯（康公）以璧祈战于河。”

《史记·六国年表》：“秦灵公八年，城堑河濒。初以君主妻河。”司马贞《索隐》：“谓初以此年取他女为君主，君主犹公主也。

妻河，谓嫁之河伯。”

（王）《左传》昭公二十四年：“冬，十月癸酉，王子朝用成周之宝珪沈于河。甲戌，津人得诸河上。阴不佞以温人南侵，拘得玉者，取其玉。将卖之，则为石。王定而献之，与之东訾。”（并见《汉书·五行志》）

（晋）《左传》襄公十八年：“晋侯伐齐，将济河。献子以朱丝系玉二瑴而祷曰：‘齐环怙恃其险，负其众庶，弃好背盟，陵虐神主。曾臣彪将率诸侯以讨焉，其官臣偃实先后之。苟捷有功，无作神羞，官臣偃无敢复济。唯尔有神裁之。’沈玉而济。”

《谷梁传》成公五年：“梁山崩，壅遏河三日不流，晋君召伯尊而问焉。伯尊来，遇辇者，辇者不辟。使车右下而鞭之。辇者曰：‘所以鞭我者，其取道远矣。’伯尊下车而问焉。曰：‘子有闻乎？’对曰：‘梁山崩，壅遏河三日不流。’伯尊曰：‘君为此召我也，为之奈何？’辇者曰：‘天有山，天崩之；天有河，天壅之。虽召伯尊，如之何？’伯尊由忠问焉。辇者曰：‘君亲素缟，帅群臣而哭之，既而祠焉，斯流矣。’伯尊至。君问之曰：‘梁山崩，壅遏河三日不流，为之奈何？’伯尊曰：‘君亲素缟，帅群臣而哭之，既而祠焉，斯流矣。’”

《史记·晋世家》：“文公元年春，秦送重耳至河。咎犯曰：‘臣从君周旋天下，过亦多矣；臣犹知之，况于君乎？请从此去矣。’重耳曰：‘若反国，所不与子犯共者，河伯视之！’乃投璧河中，以与子犯盟。”

《史记·晋世家》：“〔景公〕八年，使郤克于齐。齐顷公母从楼上观而笑之。所以然者，郤克偻，而鲁使蹇，卫使眇，故齐亦令人如之以导客。郤克怒，归至河上，曰：‘不报齐者，河伯视之！’”

（郑）《左传》襄公三十年：“八月甲子，〔游吉〕奔晋。驷带送之，及酸枣。与子上盟，用两珪质于河。”

（韩）《说苑·脩文》：“韩褐子济于河。津人告曰：‘夫人过于此者，未有不快用者也，而子不用乎？’韩褐子曰：‘天子祭海内之神，诸侯祭封域之内，大夫祭其亲，士祭其祖祢。褐也，未得事河伯也。’津人申楫，舟中水而运。津人曰：‘向也，役人固已告矣，夫子不听役人之言也；今舟中水而运甚，殆治装衣而下游乎！’韩子曰：‘吾不为人之恶我而改吾志，不为我将死而改我义。’言未已，舟泆然行。”

（卫）《左传》襄公二十七年：“〔卫侯之弟鱄〕出奔晋。公使止之，不可。及河，又使止之，止使者而盟于河。”

《博物志》：“澹台子羽赍千金之璧渡河，河伯欲之。阳侯波起，两蛟夹船。子羽左操璧，右操剑，击蛟皆死。既济，三投璧于河，河伯三跃而归之。子羽毁璧而去。”（《太平御览》卷九百三十引）①

（魏）褚少孙补《史记·滑稽列传》：“魏文侯时，西门豹为邺令。豹往到邺，会长老，问之民所疾苦。长老曰：‘苦为河伯娶妇，以故贫。’豹问其故。对曰：‘邺三老、廷掾常岁赋敛百姓，收取其钱得数百万，用其二三十万为河伯娶妇，与祝巫共分其余钱持归。……其人家有好女者，恐大巫祝为河伯取之，以故多持女远逃亡。以故城中益空无人，又困贫，所从来久远矣。民人俗语曰‘即不为河伯娶妇，水来漂没，溺其人民’云。”

（齐）《韩非子·内储说上（七术）》：“齐人有谓齐王曰：‘河伯，大神也。王何不试与之遇乎？臣请使王遇之。’乃为坛场大水之上，而与王立之焉。有间，大鱼动，因曰：‘此河伯。’”

---

① 按《水经·河水注》引此文，以为子羽投璧之处在延津，古为卫地。

《晏子春秋·内篇·谏上》:“齐大旱逾时。景公召群臣问曰:‘……吾欲祠河伯,可乎?’晏子曰:‘不可。河伯以水为国,以鱼鳖为民。天久不雨,水泉将下,百川将竭,国将亡,民将灭矣,彼独不欲雨乎? 祠之何益!’”

《晏子春秋·内篇·谏下》:“古冶子曰:吾尝从君济于河,鼋衔左骖以入砥柱之中流。当是时也,冶少不能游,潜行逆流百步,顺流九里,得鼋而杀之。左操骖尾,右挈鼋头,鹤跃而出。津人皆曰:‘河伯也!’视之,则大鼋之首也。”

颇堪寻味的是,在以上这些材料之中,那些曾经发生过河伯传说的国家,都在黄河流域之内;相反,一些远离黄河的国家,则都没有发生过什么关于黄河的传说。于此可见,古代的人虽对黄河抱有特别崇敬的感情,只因远离黄河的人民并不感到什么需要仰求于河神的地方,所以用不到把祭祀河伯列入正式的祀典。沅、湘之间的人民固然用不到遥祭河伯,楚国宫廷之中也没有理由将此列入祀典。

这里还应介绍一下宋国有关黄河的传说。《庄子·外物》篇上说:“宋元君夜半而梦人被发窥阿门,曰:‘予自宰路之渊,予为清江使河伯之所,渔者余且得予。’元君觉,使人占之。曰:‘此神龟也。’君曰:‘渔者有余且乎?’左右曰:‘有。’君曰:‘令余且会朝。’明日,余且朝。君曰:‘渔何得?’对曰:‘且之网得白龟焉。其圆五尺。’君曰:‘献若之龟。’龟至,君再欲杀之,再欲活之,心疑。卜之,曰:‘杀龟以卜,吉。’乃刳龟,七十二钻而无遗策。”褚少孙采择此事补入《史记·龟策列传》,则是以为宋元君时确有其事的了。但《庄子》中多寓言,《秋水》篇中还有河伯与北海若讨论哲理的一番议论,可见河伯云云,也是寓言手法中的一种创造。庄周及其后学属于北方商周文化系统的学者,自然有其编造河伯故事的可能性。而且宋属殷商之后,其地有古黄河的遗迹，这也就有流传河伯故事的可能。

《庄子·人间世》："解之以牛之白颡者，与豚之亢鼻者，与人有痔病者，不可以适河。"成玄英疏："巫祝陈茑狗以祠祭，选牛豕以解除，必须精简纯色，择其好者，展如在之诚敬，庶冥感于鬼神。今乃有高鼻折额之豚，白额不骍之犊，痔漏秽病之人，三者既不清洁，故不可注于灵河而设祭奠者也。"

于此可见，北方国家的人对于河伯何等尊敬。拿这来和子玉辈的态度相对照，那么楚人不祀河伯之说也就可以得到更进一步的证明了。

有关河伯的一些材料的订正

最后还应指出，古籍中提到的河伯不一定指黄河之神。

自商、周到春秋、战国，长江流域还没有得到充分的开发，我国的政治、经济、文化中心，长期位于黄河流域。这些地方的国家和人民，在黄河的哺育下，不断得到发展。因此，"河"在古代人民的生活中有着极为重要的地位，很自然地，后来也就有人把"河"作为大江大河的泛称了。

这就出现了一些混淆不清的问题。现将若干常被人们误解的材料辨析如下。

陆玑《要览》曰："楚怀王于国东偏起沉马祠，岁沉白马，名飨楚邦河神，欲崇祭祀，拒秦师。卒破其国，天不佑之。"（董说《七国考》卷九引）

按《旧唐书·经籍志》“丙部·子录·杂家”载《要览》三卷，陆士衡撰，《新唐书·艺文志》亦作三卷，王尧臣《崇文总目》作二卷，王应麟《玉海》卷五十四“承诏撰述·类书”引《中兴书目》作一卷，并引机自序云：“直省之暇，乃集要术三篇：上曰‘连璧’，集其嘉名，取其连类；中曰‘述闻’，实述予之所闻；下曰‘析名’，乃搜同辨异也。”明代之后此书已经散佚，不见记载了。董说以为作者名陆玑，他书则作陆士衡或陆机，“玑”乃“机”之误。陆机上距战国之时已久，传闻的礼制，未必可信。这里提到楚邦河神一名，颇觉不伦不类，有人据以立论，作为楚祀河伯的例证，则连“楚邦”二字也未曾注意。楚祀江、汉、睢、漳，只可能有江神、汉神、睢神、漳神之名，哪里会有河神之称？这个“河”字，看来就是陆机根据后代人的观念，用来泛指其他大河的了。

《汉书·郊祀志下》载谷永之言曰：“楚怀王隆祭祀，事鬼神，欲以获福助，却秦师，而兵挫地削，身辱国危。”陆机的有关记载，看来就是根据它发挥而成，只是前面增加了岁沈白马的异说就是了。古人以鸟兽禽畜之白色者为吉祥之物，用于祭祀，《艺文类聚》卷八十二引《尸子》曰：“殷汤救旱，素车白马，身婴白茅，以身为牲。”《史记·秦始皇本纪》：“二世梦白虎啮其左骖马，杀之，心不乐，怪问占梦。卜曰：‘泾水为祟。’二世乃斋于望夷宫，欲祠泾，沈四白马。”《汉书·王尊传》：“迁东郡太守。久之，河水盛溢，泛浸瓠子金堤。老弱奔走，恐水大决为害。尊躬率吏民，投沈白马，祀水神河伯。”陆机文士，大约就是根据这类故事而编出沉马的情节，辑入所撰类书，供行文之需。只是他不明底细，而又杜撰楚邦河神一名，则又造成了不必要的混乱。

古代高句丽国亦有河伯之说。

高句丽第十七世祖广开土境平安好大王墓之记功碑《好大王碑》：

惟昔始祖邹牟王之创基也，出自北夫馀天帝之子。母河伯女郎。刮卵降出，生子有圣德□□□□□。命驾巡车南下，路由夫馀奄利大水。王临津言曰："我是皇天之子，母河伯女郎，邹牟王。为我连蔽浮龟。"应声即为连蔽浮龟。然后造渡于沸流谷，忽本西城山上而建都焉。①

《魏书·高句丽传》：

高句丽者，出于夫馀。自言先祖朱蒙。朱蒙母河伯女，为夫馀王闭于室中。为日所照，引身避之，日影又逐。既而有孕。生一卵，大如五升。夫馀王弃之与犬，犬不食；弃之与豕，豕又不食；弃之于路，牛马避之；后弃之野，众鸟以毛茹之。夫馀王割剖之，不能破，遂还其母。其母以物裹之，置于暖处，有一男破壳而出。及其长也，字之曰朱蒙。

顾炎武《日知录·河伯》据此以为河伯有外孙，游国恩《论九歌山川之神》亦主是说，其他学者均无异议，然此说实有未尽处。我们在翻阅了朝鲜古史之后，始知此处之河伯实为古代彼民族本土的地祇，与我国中原的河伯无涉。按朝鲜古史《三国史记·高句丽本纪》《三国遗事·纪异卷第一·高句丽》《东国通鉴》高句丽始祖高朱蒙元年、《朝鲜史略》卷之一等典籍中均载有此事，而《李朝实录》世宗卷一百五十四《地理志·平安道·平壤府》中铺陈此事最为详尽。据彼书记载，天帝之子天王郎与夫馀王古都城北青河河伯之长女柳花，自相婚配，生子朱蒙。原注："青河，即今鸭绿江。"由此可知高句丽始祖朱蒙的外祖父实为鸭绿江中之河伯，非我国北部黄河中之河伯也。朝鲜本国神话传

---

① 据刘节《好大王碑考释》中之释文，载《古史考存》，人民出版社1958年版。

说自有其体系，与我国的记载名同实异，不能张冠李戴。

研究神话传说，如分析某项具体的故事，处理材料时，要注意它们分布的地区，此外还要注意其时代的先后。因为我国疆域辽阔，各地都曾产生具有特色的传说，而流传的时代不同，则同一传说也会变得面目全非。就以河伯而言，古代有称之为冰夷者：

> 《山海经·海内北经》："从极之渊，深三百仞，维冰夷恒都焉。冰夷人面，乘两龙。"郭璞注："冰夷，冯夷也。《淮南》云：'冯夷得道以潜大川。'即河伯也。"
>
> 《穆天子传》卷一："戊寅，天子西征鹜行至于阳纡之山，河伯无夷之所都居，是惟河宗氏。"郭璞注："无夷，冯夷也。《山海经》云'冰夷'。"
>
> 《淮南子·齐俗》："昔者冯夷得道，以潜大川。"许慎注："冯夷，河伯也。华阴潼乡堤首里人。服八石，得水仙。"
>
> 《楚辞·远游》："令海若舞冯夷。"王逸《章句》："冯夷，水仙人。《淮南》言'冯夷得道，以潜于大川'也。"
>
> 《庄子·大宗师》："冯夷得之，以游大川。"陆德明《释文》引司马彪云："《清泠传》曰：'冯夷，华阴潼乡堤首人也。服八石，得水仙，是为河伯。'一云以八月庚子浴于河而溺死，一云渡河溺死。"
>
> 《抱朴子·释鬼》："冯夷，华阴人，以八月上庚日度河溺死，天帝署为河伯。"(《文选·谢惠连〈雪赋〉》李善注引)

这里的许多材料，都记载着冯夷的事。从中可以看出，随着时代的发展，传说的性质也在改变。《山海经》等书中描写的冯夷，还保持着古代神话的原始面目；汉代所说的冯夷，已经渗入仙家之说；魏晋人所说的冯夷，更把人鬼当成了地祇。这样，后代人所说的河伯与古代人所说的河伯也就大不相同了。有的学者将古今中外署名河伯的故事混为一谈，编成一个庞大的家族体系，这种研究方法，未必能对阐发古代神话传说的本来面目有什么帮助。

六、楚神杂论

大家都说湘君、湘夫人、山鬼是楚国的地祇，但在进一步论述其性质时，各家的学说仍颇纷纭，对此还有深入辨析的必要。

评湘君、湘夫人为配偶神说

就拿缠绵悱恻的二湘来说吧，古今学者大都同意二湘是湘江水神，但在进一步作出说明时，甚至连湘君究竟是男神还是女神，看法也不一致。关于二湘之间的关系，近代学者的看法似已渐趋一致。一般相信，湘君和湘夫人是湘水中的配偶神。关于文章的内容，有人说《湘君》中描写的是舜召二妃，《湘夫人》中描写的是二妃召舜；但有的意见则恰好与此相反。为了一清眉目，举例列表如下：

著者与篇名(或书名)	《湘君》内容	《湘夫人》内容
游国恩《论九歌山川之神》	湘君(舜)召夫人	湘夫人(二妃)答湘君
姜亮夫《屈原赋校注》①	湘君(舜)召夫人	夫人(二妃)思湘君
文怀沙《屈原九歌今译》②	夫人思湘君(舜)	湘君思夫人
马茂元《楚辞选》	夫人思湘君(舜)	湘君思夫人(二妃)
陈子展《九歌章指》③	夫人迎湘君(舜)	夫人(二妃)召湘君

我们不拟在这些分歧很大的意见中再提出什么新说，而是打算对

---

① 姜亮夫《屈原赋校注》卷二《九歌》，人民文学出版社 1957 年版。

② 文怀沙《屈原九歌今译》，棠棣出版社 1952 年版。

③ 陈子展《〈楚辞·九歌〉之全面观察及其篇义分析》，载《中华文史论丛》1979 年第 4 辑。

配偶神说作根本的探讨。这得先找出这项学说的源头。

早在唐代，司马贞在《史记·秦始皇本纪》的《索隐》中就说："按《楚辞·九歌》有湘君、湘夫人。夫人是尧女，则湘君当是舜。"这倒是一种直截了当的解释，尽管它与《史记》中的本义并不符合。

但这种学说在过去可没有引起多少反响。因为它与封建社会中的正统思想不能合拍。晋代的郭璞曾在《山海经·中山经》的注释中辨析过二湘的身份。

> 按《九歌》湘君、湘夫人自是二神。江、湘之有夫人，犹河、洛之有宓妃也。此之为灵，与天地并矣，安得谓之尧女？且既谓之尧女，安得复总云湘君哉！何以考之？《礼记》云："舜葬苍梧，二妃不从。"明二妃生不从征，死不从葬。……《传》曰："生为上公，死为贵神。"《礼》："五岳比三公，四渎比诸侯。"今湘川不及四渎，无秩于命祀，而二女帝者之后，配灵神祇，无缘当复下降小水而为夫人也。

郭璞是依据古史传说和古代礼制立论的。他认为二妃乃尧女舜妻，身份特别高贵，而湘水之在古代，不过是小水而已，若说二湘就是舜的二妃，也就降低了后者的地位。郭璞认为《中山经》中帝之二女乃是古代神话中的湘水女神，有说得中肯的地方，但他根据二妃的地位而否定二湘的传说，则又不免流于武断。只是这种维护二妃身份的说法，符合封建礼教的规定，易为旧时学者接受。时至明代，就有一些人起而应和，从湘江水神自相婚配着眼，提出了配偶神说。

顾炎武同意郭璞的意见，说：

> 《楚辞》湘君、湘夫人，亦谓湘水之神，有后有夫人也。初不言

舜之二妃。(《日知录·湘君》)

王夫之进而申述道:

> 孟子言舜卒于鸣条,则《檀弓》卒葬苍梧之说亦流传失实,而九疑、象田,湘山、泪竹,皆不足采。安得尧女舜妻,为湘水之神乎?盖湘君者,湘水之神,而夫人其配也。(《楚辞通释》卷二)

这种新说,受儒家系统有关古史和礼制等学说的束缚,拘泥于尧女舜妻的身份和地位,不让二妃进入湘水流域,努力把二湘与舜分割开来。他们对楚国的文化系统不够了解,对神话传说的特点还缺乏认识。现在我们已经了解楚人极度崇拜重华,也就知道二妃传说定会随之产生了。

配偶神说新颖可喜,而且男女相召,字面迹象也相似,因此此说一起,立即得到很多学者的赞同。近代学者对楚文化的认识远远超越前人,他们都已懂得舜在楚国神话传说中的地位,因而他们主张的配偶神说,大都确认舜即湘君。历史似乎出现了又一次螺旋形的回复,司马贞那种悬测式的解释,想不到在当代却得到了普遍的认可。

我们细读《湘君》《湘夫人》二文,还是觉得新说之中仍有不可通处。因为各家之说出入很大,很难举出什么大家公认的代表学说,这样也就只能就配偶神说中的若干共同问题质疑问难,展开商讨。

首先,我们觉得以湘君为舜,以湘夫人为二妃,与文章中人物的身份不合。

顾名思义,湘君、湘夫人既已成为配偶,则二者当已宛若人间夫妇,而神祇的寿命亘千古而不灭,则二者之间的绸缪好合应已历有年代,但是《湘君》《湘夫人》中描写的一切,却纯是一个初恋者失意时的悲哀。《湘君》中说:“心不同兮媒劳,恩不甚兮轻绝”“交不忠兮怨长,期不信兮告余以不闲。”完全是一个热情追求湘君的男人在倾吐他失恋之后的怨慕。如拿舜和二妃的故事附会上去,那就显得处处不妥。这里且不说历史上从无舜与二妃反目的记载,就是说此时双方之间闹了一些小别扭,产生了一些小误会,那也谈不到“心不同”“恩不甚”“交不忠”,更无缘说到“媒劳”上去,因为舜与二妃之间的关系是无论如何再也用不到劳驾大媒的了。文章末尾还曾说到“采芳洲兮杜若,将以遗兮下女”,揆诸情理,也不可通,因为夫妇之间尽可直接赠送礼物,用不到转劳下女代为呈达。

如依配偶神说来作解释,则《湘夫人》中的描写也嫌不妥。“思公子兮未敢言”,道尽低徊情意,假若真是舜在思念二妃,那夫妇之间又因何敬畏若是?且此文中段极力描写“筑室兮水中”,如果说此处乃言舜在设想如何布置新房,准备在水晶宫中与二妃聚首,那也是很难想象的事:九嶷山上的尊神,怎么又会潜身水底而去和爱妻幽会了呢?

而文章的最不可通之处,还在最后“九嶷缤兮并迎”几句。一般认为,《湘夫人》中的这一描写乃是湘君的假想之词。他在筑室水中之后,又设想着九嶷众神前来参加庆贺的盛况,“并迎”云云,也是热闹场面中的一项节目。但是这种说法与原文意思显然不合。因为句中明说九嶷众神前来迎接,不是前来参加盛会。《离骚》中亦有句云:“百神翳其备降兮,九嶷缤其并迎。”与这里语句相同,意思也完全一样。九嶷众神前来迎接,这种解释不可能有什么异义。文章最后的写法与《湘君》的结尾相同,主要在于描写一个失恋者的徘徊失意,这里看不到还有九嶷群神围在舜的周围;如果九嶷群神围在舜的周围,那么这位重瞳天子似乎也不宜于在江边上捐袂遗褋,逍遥容与了。

注释《楚辞》的许多学者,对《九歌》中的文字,诸如文章的脉络,语句的组合,用字的细微变化,大都下过一番揣摩的功夫。但我们在阅读《湘君》《湘夫人》二文时，参考那些持配偶神说的学者的注释，却常是觉得语气不贯，演绎的文意不能和篇中的文字相合。这是配偶神说本身不切实际的表现，说明它的内部还存在着很多无法克服的障碍。

这种学说把舜看作湘江中的水神，也是难于令人接受的地方。姑不论舜在古史中的地位如何，就以他在《山海经》和“楚辞”中的身份来说，也只能说是九嶷山上的一位尊神，这里怎么又会潜身水底而成水神了呢？

屈原在政治上斗争失败之后，宁为玉碎，不愿苟且偷生于世。他在许多文章中表明了以身殉国的决心。“謇吾法夫前修兮，非世俗之所服。虽不周于今之人兮，愿依彭咸之遗则。”“既莫足与为美政兮，吾将从彭咸之所居。”王逸以为彭咸乃是殷之贤大夫，谏其君不听，自投水而死。这是关于彭咸事迹的较为完整的一种记载，后代有人提出怀疑，以为不足置信，因而产生过不少新说。只是后人在这问题上面也很难发掘出什么新的材料，因而各人提出的新说，也只能是一些假设就是了。实则王逸此说也是有所承受而来的。刘向《九叹·离世》曰：“哀仆夫之坎毒兮，屡离忧而逢患。九年之中不吾反兮，思彭咸之水游。”扬雄《羽猎赋》曰：“鞭洛水之宓妃，饷屈原与彭、胥。”《文选》李善注引郑玄曰：“彭咸也。”引晋灼曰：“胥，伍子胥也。皆水没也。”刘向、扬雄、郑玄等人都是淹博笃实的学者，他们对彭咸身份作出的说明，与王逸之说是一致的，可见《章句》中的这个注释实际上是汉人的共同见解。屈复《楚辞新注》卷一曰：“近有谓王叔师彭咸投水为无据者，汉时书籍，今失传者甚多，又安知王之无所据乎？后《怀沙》《惜往日》《悲回风》诸篇，言沉渊甚明。又汉之贾谊、东方朔、庄忌、王褒、刘向、太史公言汨罗无异词，诸人去古未远，岂尽虚谬？然则彭咸之投水即无据，而三闾之汨罗则有据。”屈原在《悲回风》中说：“浮江、淮而入海兮，从子胥而自适；望大河之洲渚兮，悲申徒之抗迹。”也是希踪前贤，决心蹈水而死的意思。《楚辞》中的《渔父》一篇，虽非屈原自作，但出于战国时人之手则是无可怀疑的。作者距屈原之死时间不远，对屈原的生平知之甚悉，对他的思想也体会很深，文中假托屈原自述志趣道："宁赴湘流，葬于江鱼之腹中。安能以皓皓之白，而蒙世俗之尘埃乎?"说明屈原的葬身湘流，确是早有打算。但这些材料与二湘的配偶神说则是不相容的。屈原极度崇拜舜，当他精神上苦闷时，也就"济沅、湘以南征兮，就重华而陈词"(《离骚》)，"驾青虬兮骖白螭，吾与重华游兮瑶之圃"(《涉江》)。假如湘水之神真是舜，而屈原又决心葬身湘流，那他一再申述的应该就是"吾将从重华之所居"；"凌大波而流风兮，托重华之所居"，不必再提出什么次一等的贤人彭咸来效法了。

以上是对二《湘》内容加以推敲之后，感到配偶神说之中存在着的一些不可通处。而且阅读《湘夫人》时，也感觉不到里面有两个女神在活动。

我们认为：湘君、湘夫人都是湘水中的女神。这两篇文章的篇名就表明了内部描写的是两位女神。

当然，舜与二妃的传说与《湘君》《湘夫人》中的描写有着非常大的差异。把舜与二妃的传说附会到南方的水神故事上去，本身就经历着一段曲折的过程。也只有从这神话传说的历史演变过程中，才能了解屈原何以会写出《九歌》中的这两篇文字。

二湘与舜，可说有关系，又可说没有关系。这段姻缘，应该用发展的观点来考察。

传说的出现与演变可分三个阶段。

《山海经·中山经》："〔洞庭之山，〕帝之二女居之，是常游于江渊。澧、沅之风，交潇、湘之渊，是在九江之间，出入必以飘风暴雨。"

可见湘水流域之中原有两个女神。这是天帝的女儿，与帝尧、帝舜都无关系。她们的形象，尚还原始，与娥皇、女英无共通处。

但这里也应该注意的是，楚国原来就盛行有关舜的传说，这只要看《楚辞》之中屡次提及重华即可推知。相传舜葬苍梧九嶷，其地在楚南境。《山海经》中也有记载。

《山海经·海内南经》："苍梧之山，帝舜葬于阳，帝丹朱葬于阴。"

《山海经·大荒南经》："赤水之东，有苍梧之野，舜与叔均之所葬也。"

《山海经·海内经》："南方苍梧之丘，苍梧之渊，其中有九嶷山，舜之所葬，在长沙零陵界中。"

这是二湘传说的原始阶段。舜与湘水二神都已出现，但二者不发生什么关系。后来一些地理书的原始记载中，还保留着这两种不同系统的神话传说并行不悖的情况，例如《水经·湘水注》中就说：

湘水又北径黄陵亭西，右合黄陵水口，其水上承大湖，湖水西流，径二妃庙南，世谓之黄陵庙也。言大舜之陟方也，二妃从征，溺于湘江，神游洞庭之渊，出入潇、湘之浦。

〔洞庭〕湖水广圆五百馀里，日月若出没于其中。《山海经》云："洞庭之山，帝之二女居焉。沅、澧之风，交潇、湘之浦，出入多飘风暴雨。"湖中有君山、编山，君山有石穴，潜通吴之包山，郭景纯所谓巴陵地道者也。是山，湘君之所游处，故曰君山矣。

舜与二妃的故事，战国之时流传甚广，舜葬南方之说既起，二妃传说定会随之入南，而湘水之间原来就有帝之二女在，至是二妃故事乃与楚地原有神话结合起来。屈原的创作《湘君》《湘夫人》，就代表这一阶段。

《九歌》中多描写恋爱的诗篇，这点近代学者早就有所认识，起初一些学者常拿《诗经》中的情节作比较，以为其中所描写的也是男女欢爱之词，这样的解释自然不能说明“楚辞”特有的民俗背景。迨后苏雪林写出了《楚辞九歌与中国古代河神祭典的关系》一文，[①]提出了人神恋爱的新说，于是一些扑朔迷离的情节方才得到说明。

世界各地的神话传说中都有人神恋爱的故事。我国经历过漫长的封建社会，一直宗奉儒家思想为正统，儒家不语“怪、力、乱、神”，凡不合他们的所谓情理的故事，一概遭到排斥，因此古代典籍中有关人神恋爱的记载为数很少。但就是这样，还是有一些文献记载着各地把人献给山川之神的故事，提供了有关这一特殊习俗的背景材料。

《史记·六国年表》：“秦灵公八年，城堑河濒。初以君主妻河。”司马贞《索隐》：“妻河，谓嫁之河伯。”

褚少孙补《史记·滑稽列传》：“魏文侯时，西门豹为邺令。豹往到邺，会长老，问之民所疾苦。长老曰：‘苦为河伯娶妇，以故贫。’豹问其故，对曰：‘邺三老、廷掾常岁赋敛百姓，收取其钱得数百万，用其二三十万为河伯娶妇，与祝巫共分其馀钱持归。当其时，巫行视人家女好者，云是当为河伯妇，即娉取。洗沐之，为治新缯绮縠衣，闲居斋戒；为治斋宫河上，张缇绛帷，女居其中。为具牛酒饭食，行十馀日，共粉饰之，如嫁女床席，令女居其上，浮之

① 雪林《楚辞九歌与中国古代河神祭典的关系》，载《现代评论》第八卷第二〇四～二〇六期，后收入《蠹鱼生活》，真善美书店出版。

河中。始浮，行数十里乃没。其人家有好女者，恐大巫祝为河伯取之，以故多持女远逃亡。以故城中益空无人，又困贫，所从来久远矣。民人俗语曰“即不为河伯娶妇，水来漂没，溺其人民”云。’”

《后汉书·宋均传》：“〔庐江郡〕浚遒县有唐、后二山，民共祠之。众巫遂取百姓男女以为公妪。岁岁改易，既而不敢嫁娶。前后守令莫敢禁。均乃下书曰：‘自今以后，为山娶者皆娶巫家，勿扰良民。’于是遂绝。”（并见《风俗通义》卷九《九江逡遒有唐居山名》）

《三国志·魏书·东夷（东沃沮）传》：“王颀别遣追讨〔高丽王〕宫，尽其（北沃沮）东界，问其耆老：‘海东复有人不？’耆老言：‘国人尝乘船捕鱼，遭风见吹数十日，东得一岛。工有人，言语不相晓。其俗常以七月取童女沉海。’”

《大唐西域记》卷十二：“〔瞿萨旦那国〕城东南百馀里，有大河西北流，国人利之以用溉田。其后断流，王深怪异，于是命驾，问罗汉僧曰：‘大河之水，国人取给，今忽断流，其咎安在？为政有不平、德有不洽乎？不然，垂谴何重也？’罗汉曰：‘大王治国，政化清和。河水断流，龙所为耳。宜速祠求，当复昔利。’王因回驾，祠祭河龙。忽有一女凌波而至，曰：‘吾夫早丧，主命无从，所以河水绝流，农人失利。王于国内选一贵臣，配我为夫，水流如昔。’王曰：‘敬闻，任所欲耳。’龙遂目悦国之大臣。……其臣又请早入龙宫。于是举国僚庶鼓乐饮饯。其臣乃衣素服，乘白马，与王辞诀，敬谢国人。驱马入河，履水不溺，济乎中流，麾鞭画水，水为中开，自兹没矣。”

这些故事中的奉献者，后代称之为“人牺”，本是早期的迷信习俗的殉难者，但在原始宗教信仰的牢笼下，却又产生了一些奇异的解说，以为他们能够亲身侍奉神灵，取得他们的欢心和宠爱，这样也就抹去了这些牺牲身上血淋淋的斑痕，反而涂上了一层绚烂瑰丽的奇幻色彩，产生了缠绵悱恻的人神恋爱故事。因为初民所理解的神，和普通的人一样，也有好色的习气，他们同样会追求俊男或美女，一享于飞之乐。为了讨好他们，求得他们的福祐，人们也甘心奉献出俊男或美女，满足他们的欲望。古代各古老民族中都曾出现同样的情况。后来的巫师利用这种迷信索取人们钱财，乃至逼迫人们献出俊男或美女，他们的手段之所以得逞，仍是利用了人神可以结为配偶的旧有观念。

《湘夫人》中那位筑室水中的追求者，正是从这种古代特有的宗教背景上产生出来的。这样的人神恋爱的故事，反映了湘水女神原始状态的风貌。

但时至屈原时代，二湘与舜确已发生联系。正当那位男人遇到"闻佳人兮召予"的好消息，准备"将腾驾兮偕逝"，并为此作了一番准备之时，突然，"九嶷缤兮并迎，灵之来兮如云"，住在湘水上游的舜派群神来把夫人接了去，于是转幻成空，闹得这位失恋者不胜伤感。最后的波折清楚地表明了舜与湘夫人之间的密切关系，所以我们说舜之二妃已与湘水二女神叠合起来；只是《湘君》《湘夫人》中还保留着野男人追求二女神的情节，所以我们又说其中还保留着原始宗教的残馀痕迹。

可以说，这就是二湘传说的第二阶段。

到了第三阶段时，舜之二妃与湘水二女神已正式化而为一。

《史记·秦始皇本纪》："〔始皇〕乃西南渡淮水，之衡山、南郡。浮江，至湘山祠。逢大风，几不得渡。上问博士曰：'湘君何神？'博士对曰：'闻之，尧女，舜之妻，而葬此。'于是始皇大怒，使刑徒三千人皆伐湘山树，赭其山。"

这里的湘君已经正式成为尧女舜妻了。

秦博士对湘君身份所作的说明，在古代典籍中是唯一明确的记载，应该引起重视。有人认为这是秦博士临时编造的胡说，这就未免把严肃的问题简单化了。试问：有谁敢在暴戾异常的秦始皇面前乱说一通？而且秦博士的这一番说明，切合楚国民间神话传说的实际，与《山海经》《楚辞》等书中记载的故事都合拍，可见秦博士的应对确是有所根据。按“博士”一职，战国时各国大都有此设置。《宋书·百官志》曰：“六国时往往有博士。”古代文献中还常见记载，《战国策·赵策三》：“郑同北见赵王，赵王曰：‘子南方之博士也，何以教之？’”《史记·循吏列传》：“公仪休者，鲁博士也。”《汉书·贾山传》：“〔祖〕祛，故魏王时博士弟子也。”褚少孙补《史记·龟策列传》：“渔者举网而得神龟。龟自见梦宋元王，元王召博士卫平，告以梦龟状。平运式，定日月，分衡度，视吉凶，占龟与物色同。平谏王留神龟以为国重宝，美矣。”《说苑·尊贤》载淳于髡为齐博士……这些都是各国朝廷中最为博识多闻的人。可知“博士”中的人才，代表着当时学术界的最高水平。秦博士的设置，应当与其他国家一样，《汉书·百官公卿表》：“博士：秦官，掌通古今。秩比六百石，员多至数十人。”说明秦国的博士都是一些具有丰富的专业历史知识的人。好多材料上都记载着秦国博士的总数有七十人之众。看来秦国的博士在掌握的知识上还有严格的分工，就是在阴阳数术、神仙方技方面，情况同样如此。《史记·秦始皇本纪》：“三十二年，始皇之碣石，使燕人卢生求羡门、高誓。……燕人卢生使入海还，以鬼神事，因奏录图书。”《淮南子·人间》许慎注称此人为“秦博士卢生”，《道应》篇注则曰：“卢敖，燕人，秦始皇召以为博士，使求神仙，亡而不反也。”又《秦始皇本纪》载三十七年，“始皇梦与海神战，如人状，问占梦博士。”……可以推知，那位回答湘君问题的博士，应当就是研究山川之神的专业人员了。他对湘江水神的情况有清楚的认识，他的说明可以作为先秦时期湘水流域神话传说的可靠资料。

于此可见，湘君、湘夫人是湘水中的两个女神，不是一男一女，即所谓配偶神；也不是一男二女，不能把舜附会为湘水男神。这里可以再次地说，《湘君》《湘夫人》中描写的一切，不能以夫妇之间的相互追求来作解释。

屈原写作《九歌》，用一篇文章描写一位神祇，于是他把湘水二神分别写成了《湘君》《湘夫人》两篇文章。因为神话传说的背景相同，所以作品的内容和情调都是相同的。篇名之中分别题署曰"君"与"夫人"，并不意味着其间有什么等级身份的不同，看来屈原只是想用不同的文字把篇名区别开来就是了。"湘君"是战国时期对湘水女神的正式称呼，"夫人"是战国时期对贵族妇女的尊称。但后来的人却在"君"与"夫人"这两个词上大做文章，定要区别出什么正侧尊卑，并不符合屈原思想的实际。韩愈在《黄陵庙碑》中说："尧之长女娥皇为舜正妃，故曰君，其二女女英自当降曰夫人也。"（《昌黎先生集》卷三十一）洪兴祖《楚辞补注》、朱熹《楚辞集注》本此立说，对后代影响很大。韩愈等儒家后学硬要在以神话传说为背景的水神故事中正名一番，并且以为屈原的本意在此，未免厚诬古人。屈原在《九歌》中反映的是湘水流域的水神恋爱故事，与舜的关系还处在若即若离之中，作品的重点并不在于维护封建伦理观念。况且处在屈原的时代，就是儒家中人也没有把舜之二妃娥皇、女英区别出什么正侧尊卑来的。

关于"五藏山经"成书的年代，一般相信当在战国中期，则是"帝之二女"的传说可能在楚国开发南疆之时就已经存在了。秦始皇南巡时，舜之二妃已与帝之二女融合起来，其时已在战国复归统一之后。可见屈原写作二《湘》的时间，正当前后二说之间，在历史发展的时序上来说，也正合适。

楚国神话传说中有二女神的传统

《九歌》中的女神，都是成双成对出现，如湘水女神有湘君、湘夫人，命运女神有大司命、少司命，这种特殊的情况，说明楚国有其特殊的神话传说系统。

长江流域的水神与黄河流域的水神不同，可以先作一些比较。长江流域的水神经常作二女，黄河流域的水神大都为一人。

这里先举著名的洛神来说。

> 《离骚》："吾令丰隆乘云兮，求宓妃之所在。"

宓妃即洛水女神。曹植写有著名的《洛神赋》，《文选》李善注引《汉书音义》如淳曰："宓妃，宓羲氏之女，溺死洛水为神。"洛神显为单数。

其次还可举出著名的河伯娶妇故事。邺人经常将美女一名奉献给河伯，与此相似，江神也曾取美女为妇，但蜀人奉献给他的是童女二名。

> 《风俗通义》："秦昭王使李冰为蜀守，开成都两江，溉田万顷。江神岁取童女二人为妇。冰以其女与神为婚，径至神祠，劝神酒，酒杯恒澹澹，冰厉声责之，因忽不见。良久，有两牛斗于岸旁。有间，冰还，流汗谓官属曰：'吾斗疲极，当相助也。南向腰中正白者，我绶也。'主簿刺杀北面者，江神遂死。"（《水经·江水注一》引）

洛神与二湘相近，河伯娶妇与江神取童女亦相近，然而牵涉到的有关数字不同：前者为一而后者为二。

总的看来，北方地区流传的水神故事，比起南方来，在量和质上都有差别。这是因为北方水源较少，在地形上又有不同的缘故。南方多水神，而且常是成双成对地出现。下面还可以举出好些长江流域的水神故事作为例证。其编次为自西至东，即自源到流。

> 《拾遗记》卷二："东瓯献二女，一名延娟，二名延娱。……及昭王沦于汉水，二女与王乘舟夹拥王身，同溺于水，故江汉之人到今思之，立祀于江湄。数十年间，人于江汉之上，犹见王与二女乘舟戏于水际。"
>
> 《韩诗内传》："郑交甫遵彼汉皋台下，遇二女，与言曰：'愿请子之珮。'二女与交甫，交甫受而怀之，超然而去。十步，循探之，即亡矣。回顾二女，亦即亡矣。"（郭璞《江赋》"感交甫之丧珮"下《文选》李善注引）
>
> 《八朝穷怪录》："宋刘子卿，徐州人也。居庐山虎溪。少好学，笃志无倦，常慕幽闲，以为养性。恒爱花种树，其江南花木，溪庭无不植者。文帝元嘉三年春，临玩之际，忽见双蝶，五彩分明，来游花上，其大如燕，一日中或三四往复。子卿亦讶其大。九旬有三日，……见二女，各十六七，衣服霞焕，容止甚都。……卿问女曰：'我知卿二人非人间之有，愿知之。'女曰：'但得佳妻，何劳执问。'乃抚子卿曰：'卿但申情爱，莫问闲事。'临晓将去，谓卿曰：'我姊实非人间之人，亦非山精物魅。若说于卿，郎必异传，故不欲取笑于人代。今者与郎契合，亦是因缘。慎迹藏心，无使人晓，即姊妹每旬更至，以慰郎心。'乃去。常十日一至。如是数年会寝。后子卿遇乱归乡，二女遂绝。庐山有康王庙，去所居二十里

馀。子卿一日访之，见庙中泥塑二女神，并壁画二侍者，容貌依稀，有如前遇，疑此是之。”(《太平广记》卷二百九十五引)

《北梦琐言》卷十二：“唐杨镳，收相之子。少年为江西推巡，优游外幕也。属秋祭，请祀大姑神。西江中有两山孤拔，号大者为大孤，小者为小孤。……后人语讹，作姑姊之‘姑’。创祠山上，塑像艳丽，而风涛甚恶，行旅惮之。每岁本府命从事躬祭，镳预于此行。镳悦大姑偶容，有言谑浪。祭毕回舟，而见空中云雾有一女子，容质甚丽，俯就杨公，呼为杨郎，逊词云：‘家姊多幸，蒙杨郎采顾，便希回桡以成礼也。故来奉迎。’弘农惊怪，乃曰：‘前言戏之耳。’小姑曰：‘家姊本无意辄慕君子，而杨郎先自发言；苟或中辍，恐不利于君。’弘农忧惶，遂然诺之。恳希从容一月，处理家事，小姑亦许之。杨生归，指挥讫，仓卒而卒，似有鬼神来迎也。”

谢灵运《江妃赋》：“小腰微骨，朱衣皓齿，绵视腾来，靡容腻理。出月隐山，落日映屿，收霞敛色，回飚拂渚。每驰情于晨暮，矧良遇之莫叙。投明珠以申赠，觊色授而魂与。嗟佳人之眇迈，眺霄际而皓语，惧展爱之未期，抑倾念而暂伫。天台二娥，宫亭双媛，青袿神接，紫衣形见。或飘翰凌烟，或潜泳浮海。万里俄顷，寸阴未改。事虽假于云物，心常得于无待。”(《初学记》卷十九)

《搜神记》卷四：“宫亭湖孤石庙。尝有估客至都，经其庙下，见二女子，云：‘可为买两量丝履，自相厚报。’估客至都，市好丝履，并箱盛之。自市书刀，亦内箱中。既还，以箱及香置庙中而去，忘取书刀。至河中流，忽有鲤鱼跳入船内。破鱼腹，得书刀焉。”①

---

① 汪绍楹引《荆州记》云：“宫亭即彭蠡泽也，谓之彭泽湖，一名汇津。”见汪绍楹校注本《搜神记》，中华书局1979年版。

《水经·江水注三》:“〔阳新县,〕故豫章之属县矣。地多女鸟。《玄中记》曰:‘阳新男子于水次得之,遂与共居。生二女,悉衣羽而去。’”

陈霆《渚山堂词话》卷三:“庚辰,卜居建康,暇日访古,采陈后主、张贵妃事以成素志。按:后主既脱景阳井之厄,隋长史高颎竟戮丽华于青溪,后人哀之,即其地立小祠,祠中塑二女郎,次即孔贵嫔也。今遗构荒凉,庙貌亦不存矣。”①

《神弦歌·湖就姑曲》:“赤山湖就头,孟阳二三月,绿蔽贲荇薮。湖就赤山矶,大姑大湖东,仲姑居湖西。”(《乐府诗集》卷四十七录引)

以上这些故事,大多数是汉代以后的创作,看来也有一些民间传说为背景,但已渗透进了很多后代人的意识。不过就在这样的后起故事之中,还是反映出了南方水神的民俗特点,即上承楚文化而来的二女神传统,这是与北方的水神故事颇不相同的。

除二女水神的传说外,还有一些与此相关的奇异琐事,今择要摘录数则于下,藉供参考。

《后汉书·列女(姜诗妻)传》:“广汉姜诗妻者,同郡庞盛之女也。诗事母至孝,妻奉顺尤笃。……姑嗜鱼鲙,又不能独食,夫妇常力作供鲙,呼邻母共之。舍侧忽有涌泉,味如江水,每旦辄出双鲤鱼,常以供二母之膳。”

《水经·江水注三》:“龙巢,地名也。昔禹南济江,黄龙夹舟,舟人五色无主。禹笑曰:‘吾受命于天,竭力养民,生,性也;死,命

① 此当是青溪二女神,后人附会为张、孔。张、孔无立祠资格。

也，何忧龙哉！'于是二龙弭鳞掉尾而去焉。故水地取名矣。"

《吕氏春秋·恃君览·知分》："荆有次非者，得宝剑于干遂。还反涉江，至于中流，有两蛟夹绕其船。次非谓舟人曰：'子尝见两蛟绕船能两活者乎？'船人曰：'未之见也。'次非攘臂袪衣，拔宝剑曰：'此江中之腐肉朽骨也。弃剑以全己，余奚爱焉。'于是赴江刺蛟，杀之而复上船。舟中之人皆得活。"

盛弘之《荆州记》："南江上有龙洲，下有宠洲。二洲之间，旧云多鱼，而投罟挥网，辄便挂绝。乃有客没而视之，中水有牛二头，常为破网，故渔者患之。"(《太平御览》卷六十九引)

《水经·沔水注下》："虞〔翻〕氏曰：松江北去吴国五十里。江侧有丞、胥二山，山各有庙。鲁哀公十三年，越使二大夫畴无馀、讴阳等伐吴，吴人败之，获二大夫。大夫死，故立庙于山上，号曰丞、胥二王也。"

《水经·沔水注下》："浮山东石楼下有两石鼓，叩之清越，所谓神钲者也。事备《罗浮山记》。"

读了上述有关二女的材料之后，再读这些有关二物的材料，也就不难感受到南方民间传说故事中确是存在着特点，其中的主要事物往往以偶数出现。

这种现象又是怎样产生的呢？

问题确是很难解答，因为一种社会现象的形成，原因很复杂，颇难作出确切的说明。姑妄言之，或许它与地理条件有关吧。

古人以为长江源出岷山。《水经·江水注一》说："岷山，在蜀郡氐道县，大江所出。"古人又以为长江上游为二源：

《山海经·中山经》："〔岷山〕东北一百四十里，曰崃山，江水出焉。东流注大江。……又东一百五十里，曰岷山，江水出焉。东流注于大江。”

这就是郭璞《江赋》中说的“源二分于崌、崃”。这不但在江水滥觞时如此，其后流经他地时，还常有二水来会或分为二水的现象发生：

江水又历都安县。县有桃关，汉武帝祠。李冰作大堰于此，壅江作堋；堋有左右口，谓之湔堋。江入郫江、捡江以行舟。《益州记》曰：“江至都安堰，其右捡，其左〔郫〕。其正流遂东，郫江之右也。”（《水经·江水注一》）

江水又东径成都县。县以汉武帝元鼎二年立。县有二江，双流郡下，故扬子云《蜀都赋》曰“两江珥其前”者也。（同上）

巴水出晋昌郡宣汉县巴岭山。郡隶梁州。晋太康中，立治汉中。县南去郡八百馀里，故属巴渠。西南流历巴中，径巴郡故城南，李严所筑大城北，西南入江。庾仲雍所谓江州县对二水口，右则涪内水，左则蜀外水，即是水也。（同上）

江水又东会南北集渠。南水出涪陵县界，谓之于阳溪，北流径巴东郡之南浦侨县西。（同上）

《水经》曰：“〔雷水〕南经大雷戍，西注大江，谓之大雷口；一派东流入江，谓之小雷口也。”（《太平御览》卷六十五引）

三山半落青天外，二水中分白鹭洲。（李白《登金陵凤皇台》）

山阴西四十里，有二溪。东溪广一丈九尺，冬暖夏冷；西溪广三丈五尺，冬冷夏暖。二溪北出行三里，至徐村合成一溪，广五丈馀，而温凉不杂，盖《山海经》所谓苕水也。北径罗浮山而下，注于太湖，故言出其阴入于具区也。（《水经·沔水注下》）

应该说明，长江源远流长，支脉繁多，而在古代典籍中记载下来的河道，为数是很有限的，在广大的水域中，二水合为一水或一水分为二水的情况，比之文献上的记载，不知要多多少。上面摘引的材料也只能是略示一二而已。

大家知道，古代曾经有过“万物有灵论”的时期。初民认为外界一切物体都有其生命，因而他们把一切自然力量都转化为人的形态，这样在大大小小的河流之中也就有其可能产生水神：大水有大的水神，小水有小的水神。长江上游有二源，中下游又多合流或分流的现象，这些水中当然也有固有的水神，等到这些河流汇合成为大水时，原来分属二水中的水神也就有其可能随之合并在一起了。长江流域中多二女神，或许与这些地理特点密切相关。

湘君、湘夫人的情况，是否也可作如是观。湘水流经各地，也常有二水会合的情况；而湘水流入的洞庭湖，更是众水汇聚之处。江南之地，水碧波清，容易产生绮艳的女神故事。在此地理背景上出现湘君、湘夫人这两位风流旖旎的女神，也就是可以理解的了。

地上既有二女神的传统，天上的神也就可能受到影响。《远游》曰：“张《咸池》奏《承云》兮，二女御《九韶》歌；使湘灵鼓瑟兮，令海若舞冯夷。”指的也是南方的“二女”天神。《楚辞》中有大司命、少司命两位女神，看来就是这一特殊情况的曲折反映。

山鬼是湘西山中的精灵

讨论水神既竟，下面可以谈谈山鬼了。

山的情况和水的情况相同。每条水中都有可能产生水神，每座山上都有可能产生山神。《抱朴子·登陟》上说：“山无大小，皆有神灵。山大则神大，山小即神小也。”这是符合古代实际情况的结论。

山的大神可以威风到何种程度呢？

《史记·赵世家》："晋献公之十六年，伐霍、魏、耿，而赵夙为将伐霍。霍公求奔齐。晋大旱。卜之，曰：'霍太山为祟。'使赵夙召霍君于齐，复之，以奉霍太山之祀，晋复穰。"

可见晋君对大的山神何等畏惮。现在要问，小的山神是否同样威灵显赫呢？看来情况大不相同，恰好史籍上也有明白的记载。

《史记·秦始皇本纪》："〔三十六年〕秋，使者从关东夜过华阴平舒道。有人持璧遮使者曰：'为吾遗滈池君。'因言曰：'明年祖龙死。①'使者问其故，因忽不见，置其璧去。使者奉璧具以闻。始皇默然良久，曰：'山鬼固不过知一岁事也。'"

这里秦王所使用的语气何等轻蔑！可见山鬼也者，不过是一些地位低微的精灵罢了。

秦始皇的生活年代，上距屈原之时不过半个世纪，二人同用"山鬼"一词，在先秦文献上是仅见的材料。他们对山鬼的地位和性质，看法上有一致之处。后代文人运用"山鬼"一词时，也总是从这种意义上去理解的，如鲍照《芜城赋》曰："木魅山鬼，野鼠城狐，风嗥雨啸，昏见晨趋。"杜甫《祠南夕望》曰："山鬼迷春竹，湘娥倚暮花。湖南清绝地，万古一长嗟。"都把这种精灵看得并不怎么神圣。

讨论这项问题时，也不能不牵涉到某些与此相反的意见。孙作云

---

① 原文作"今"，据阎若璩《潜邱札记》卷二与梁玉绳《史记志疑》卷五改。

著有《九歌山鬼考》一文，[1]以为《九歌》山鬼所居者就是夔府的巫山，因而山鬼云云实在就是巫山神女；《山鬼》中说的“留灵修兮憺忘归”云云，即指楚襄王梦游高唐这一回事。

孙氏此文用力甚勤，只是苦于找不到确证，因而只能搜集一些后代产生的巫山神女的传说中的细节，附会到《山鬼》中的某些字句上去。文章结论曰：“将《山鬼》与《高唐赋》相同诸点总括起来：（一）故事的纲要：1. 皆人神相悦；2. 皆女媚于男；3. 男的皆是人，其人皆是楚王；4. 女的皆是神，其神皆居山上，其山皆在楚境。（二）属于神的细目：1. 皆容态冶艳；2. 皆佩服芬芳；3. 皆乘车，车上皆建旗；4. 皆在山之曲隅。（三）属于山的细目：1. 皆多云雨；2. 皆有猿；3. 皆有一种灵草，其草之名，或曰秀，或曰䔄，为同音字，其用皆服之媚于人；4. 皆有竹，其竹皆与神在一处。”……只是这种钩沉索隐式的研究方法，只能提供一些并不可靠的字面形迹，孙氏自己最后也不得不承认：“自然《山鬼》与《高唐赋》也有着不同的地方。”“单就这十二点中某一点看，当然不能证明什么。”后来据此立论而论点无此严密者，更是难逃此说之弊了。

山鬼和巫山神女之间有着很大的不同。就从二者的外形上来考察，山鬼和巫山神女在服饰和用具上就有明显的差异，说明二者的神话背景是不相同的。《山鬼》中的描写是：

> 若有人兮山之阿，被薜荔兮带女罗。既含睇兮又宜笑，子慕予兮善窈窕。乘赤豹兮从文狸，辛夷车兮结桂旗。被石兰兮带杜衡，折芳馨兮遗所思。

传为宋玉所作的《神女赋》中，描写巫山神女的服饰状貌则是：

---

① 孙作云《九歌山鬼考》，载《清华学报》第十一卷第四期。

其盛饰也，则罗纨绮缋盛文章，极服妙采照万方。振绣衣，被袿裳。被不短，纤不长。步裔裔兮曜殿堂。忽兮改容，婉若游龙乘云翔。嫷被服，侻薄装。沐兰泽，含若芳。

《九歌》中山鬼的形象还带有原始神话的意味，从中透露出来的是远古或边鄙地区的人对山中精灵的观念，巫山神女的形象中则已加入了很多后代人的意识，依其描写而言也已是后代贵妇人的打扮和仪态了。二者给予读者的感受有很大的不同。

这里还应该讨论一下宋玉赋的真伪问题。假如《高唐赋》《神女赋》等作品确是宋玉所作，而据《史记·屈原列传》和《汉书·艺文志》中的记载，宋玉又是年代稍晚于屈原的后辈，那么写入《高唐赋》《神女赋》中的巫山神女的形象，与《山鬼》中精灵的形象，未免相去太远了。宋玉和屈原同时，写作的风貌也应该接近，但《高唐赋》《神女赋》中的描写，笔触纤细，铺叙详密，与屈原的骚体有很大的距离，与荀卿的赋体更是不同。这样的赋体，依其风格而言，很难定为战国中后期的作品。前人有关宋玉赋的辨伪工作，看来还是有其合理的地方。《高唐赋》中还有“礼太一”之句，近人有据之立论而以为楚王宫廷中祭祀太一者，但在我们看来，正好说明这些所谓宋玉赋是汉人的伪作，作伪者依照汉代祭祀太一的情况而写入伪托宋玉的作品中去了。

《山鬼》中对自然环境的描写，近于《涉江》中的景象。《涉江》中说：

朝发枉渚兮，夕宿辰阳。苟余心其端直兮，虽僻远之何伤！入溆浦余儃佪兮，迷不知吾所如。深林杳以冥冥兮，乃猿狖之所居。山峻高以蔽日兮，下幽晦以多雨；霰雪纷其无垠兮，云霏霏而承宇。哀吾生之无乐兮，幽独处乎山中。吾不能变心而从俗兮，固将愁苦而终穷。

这两篇文章中描写的景象，都是崇山峻岭，雨雪纷飞，人迹罕至之处。此亦可以推知，《山鬼》的地理背景应当也在湘西辰、溆一带。

孙作云还说“山鬼所居必为大山”，这也是一种没有什么根据的假说。况且古代对于大山、小山的分别，和现代人的观念不同，首先需要分辨清楚。

古人所说的大山、小山，并不纯指体积、高度而言。有些山之被尊为大山，只是由于它们在政治、经济、文化等方面占有重要地位的缘故。好比泰山，与全国其他的山相比，不算太大，也不算太高，但古代统治者都把它奉为群山之首。这是因为泰山之在古代，一直位于全国文化最高的区域之内的缘故。自春秋至战国，齐、鲁文化一直居全国之首。刘汉皇室起于丰沛，地近泰山，且独尊儒术，事事尊周崇鲁，因而泰山愈发居于显要的地位。燕齐方士以及后来的道教徒又以为泰山乃众灵归宿之所，这更增加了泰山在宗教上的重要性。正是这许多原因造成了泰山的特殊地位。又如汉、唐之重终南山，六朝之重钟山，也并不是因为这些山特别高大，而是因为它们位于政治中心区域之内的缘故。辰、溆诸山，如以体积高度而言，恐怕要超过以上几座名山，但是因为辰、溆位于边鄙地区，当时文化上也较落后，故而只能以小山视之。“山鬼”之名当由此而得。

再从作品的写法来看，也有一些地方可以注意。屈原作品中的“兮”字，一般总是置于句子之末，但在《九歌》里面却常置于句子之中。这是《九歌》用字上的特点。《涉江》中的“兮”字就有用于句中者，据此也可推定《九歌》的写作年代。又《涉江》中有句云“与日月兮齐光”，同见于《云中君》中，亦可作为二者写作年代相近之一助。

七、楚郊祀歌说批判

在前面几章里，我们对《九歌》中的神祇作了一些分析，证明其中有几个神不是楚国南鄙之人所能奉祀的，因此民间祭歌之说实难成立；但对《九歌》学说中的另一流派——楚郊祀歌说，还未作出系统的分析。学术界于此似乎也还未曾有过专门的研究，因而这种新的体系能否成立，有待于后人作出进一步的检验。

楚郊祀歌说是在酝酿多年之后始告成立的。日本学者青木正儿和我国学者闻一多等人先后发表过类似的见解，认为《九歌》是楚国的一种原始的结构严密的歌舞剧。[①] 闻一多又参酌后代郊祀歌的情况，把《九歌》定为楚国的郊祀歌。他构拟的体系较为完整，提出的时间也早，后起的一些有关的学说，大都是在闻氏体系的基础上加以变化而构成的。因此，闻氏有关《九歌》的理论，对于研究楚郊祀歌说具有很大的代表性，可以就此作些剖析。

楚郊祀歌说的首创者——闻一多说

闻一多对"楚郊祀歌"的结构和临祭诸神的性质作过很多考证，留下过几份遗稿，但研究的结果却是相同的。这体现在几张精心编制的表格之中。现先将他生前自行发表的一张表格介绍如下，然后探讨一下这种秩序井然、组织严密的体系是如何构拟而成的。

---

① 青木正儿《楚辞九歌の舞曲的结构》，载《支那文学艺术考》，昭和十七年弘文堂刊行。后经纪庸译述，取名《楚辞'九歌'之舞曲的结构》，载《国文月刊》第七十二期，1948年10月出版。

<table>
<tr><th colspan="6" rowspan="2">神道及其意义</th><th colspan="6">歌　　辞</th></tr>
<tr><th colspan="4">内容的特征与情调</th><th colspan="2">外形</th></tr>
<tr><td rowspan="2">客体</td><td>东君云中君湘君湘夫人大司命少司命河伯山鬼</td><td>（自然神）物</td><td>淫祀</td><td>助祀</td><td></td><td rowspan="2">杂曲（九章）</td><td>用独白或对话的形式抒写悲欢离合的情绪</td><td>似风（恋歌）</td><td>哀艳</td><td>长短句</td><td rowspan="2">转韵</td></tr>
<tr><td>国殇</td><td>鬼</td><td>小祀</td><td>陪祀</td><td>报功</td><td>叙述战争的壮烈颂扬战争的英勇</td><td>似雅（挽歌）</td><td>悲壮</td><td>七字句</td></tr>
<tr><td>主体</td><td>东皇太一</td><td>神</td><td>大祀</td><td>正祀</td><td>报德</td><td>迎神曲送神曲（二章）</td><td>铺叙祭礼的仪式和过程</td><td>似颂（祭歌）</td><td>肃穆</td><td>长短句</td><td>不转韵</td></tr>
</table>

（《什么是九歌》）①

他是怎样进行具体论证的呢？

闻一多把《九歌》和后代祭歌作比较，认为刘宋时的“谢庄又仿《练时日》与《赤蛟》作宋《明堂歌》的首尾二章，（《宋书·乐志》“迎送神歌，依汉《郊祀》三言四句一转韵。”）而直题作《迎神歌》《送神歌》。由《明堂歌》上推《九歌》，《东皇太一》《礼魂》是迎送神曲，是不成问题的”。这里所说的《东皇太一》和《礼魂》，也就是楚国郊祀大典中的迎神曲和送神曲（二章）了。“除去首尾两章迎送神曲，中间所馀九章大概即《楚辞》所谓《九歌》。”这里所说的九章，也就是表中的《东君》《云中君》《湘君》《湘夫人》《大司命》《少司命》《河伯》《山鬼》《国殇》了。“九神便是这九章之歌中的主角，原来他们到场是为着‘效欢’以‘虞太一’的。这些神道们——实际是神所‘凭依’的巫们——按照各自的身份，分班表现着程度不同的哀艳的或悲壮的小故事，情形就和近世神庙中演戏差

① 闻一多《什么是九歌》，载《神话与诗》（闻一多全集选刊之一），古籍出版社 1956 年版。

不多。"因此,"九神之出现于祭场上,一面固是对东皇太一'效欢',一面也是以东皇太一的从属的资格来受享。"

闻氏还说:"九章中的迎送是歌中人物自相迎送,或对假想的对象迎送,与二章为致祭者对神的迎送迥乎不同。"

这里所说的"歌中人物自相迎送",在具体安排上颇具匠心,阵营极为整齐可观。

> 案《九歌》十一章皆祀东皇太一之乐章,就中"吉日兮辰良"章(旧题"东皇太一"非是)为迎神曲,"成礼兮会鼓"章(旧题"礼魂"非是)为送神曲,其馀各章皆为娱神之曲也。诸娱神之曲,又各以一小神主之,而此诸小神又皆两两相偶,共为一类。今验诸篇第,《湘君》与《湘夫人》相次,《大司命》与《少司命》相次,《河伯》与《山鬼》相次,《国殇》与《礼魂》相次,(洪兴祖曰"或曰《礼魂》,以礼善终者。"案此说得之。《国语·楚语下》"卿大夫祀其礼",韦注曰"礼谓五祀及其祖所自出。"此礼字义盖同。然《礼魂》之曲,实有目无辞。其"成礼兮会鼓"章,本全歌之送神曲。后人以求《礼魂》之辞不得而径题送神曲曰"礼魂",妄也。)都凡四类,各成一组。此其义例,皆较然易知。惟东君与云中君,皆天神之属,宜同隶一组,其歌词宜亦相次。顾今本二章部居悬绝,无义可寻。其为错简,殆无可疑。余谓古本《东君》次在《云中君》前。(《楚辞校补》)①

但闻氏至此还未安排妥帖。因为《国殇》与《礼魂》相次,情况极为

① 闻一多《楚辞校补》中《九歌·东君》的按语,载《古典新义》(闻一多全集选刊之二)下册,古籍出版社 1956 年版。

特殊，必须再作解释。据闻氏自言，《国殇》与上列八神性质完全不同，这里又要与《礼魂》相次，自为迎送，未免过于玄妙了，于是闻氏又举《周礼》"酒正""肆师"两疏引马融说，所谓"宗庙小祀，谓祭殇与无后，及司勋功臣亦祭于庙"，然后说：

> 很可能《国殇》即殇与无后，《礼魂》即司勋功臣，而祭东皇太一（上帝）是宗庙大祀，祭国殇、礼魂是随着大祀举行的小祀。如果这推测是对的，则今本《楚辞》的《礼魂》有目无词，后人以《礼魂》之目加之于送神的《成礼》章的词上，是张冠李戴。这样看来，除迎送神二篇外，《九歌》本有十篇。第十篇即《礼魂》，原辞之所以被遗失，许即误于那历史上相传的《九歌》的旧名。①

闻氏煞费苦心，构拟成这样严密的体系，发前人之所未发，具有很大的创新意义，只是论据殊嫌不足。就以上面这段文字来说，所谓大祀、中祀与小祀，祭祀的对象与典礼究竟怎样，历代经师纷争不已，一直得不出共同的结论。《周礼·肆师》贾公彦疏："宗庙小祀，其神不明。马君虽云宗庙小祀'殇与无后'，无明文，故后郑亦不言也。"说明马融的这种说法，就连他的弟子郑玄也不相信。况且这里说的是"宗庙小祀"；"宗庙"也者，王室神灵之所在，并不是祭祀平民的地方。孙诒让《周礼正义》卷三十七释之曰："考殇与无后有二：一为先君，一为王之适子孙。"然而《国殇》中描写的一切，明为为国牺牲的战士，二者的身份与性质截然不同。戴震《屈原赋注》曰："殇之义二：男女未冠笄而死者，谓之殇；在外而死者，谓之殇。殇之言伤也。国殇，死国事，则所以别于二者之殇也。"这种说法就是切实可信的了。闻氏抓住马融

---

① 闻一多遗著《九歌的结构》，载《中国社会科学》1980年第4期。

遗说中一个“殇”字而立论，理由不够充分，在此基础上建立起来的庞大体系，也就显得不够稳当，若是抽掉其中几块基石，难免摇摇欲坠。《国殇》之说既然如此，《礼魂》即司勋功臣云云，论据尤为不足，可以不必细论了。

看来闻氏此说只是依傍后代祭歌而提出的一种主观的假设。大约他想在迎送神曲之间安插进自相迎送的十神，解决孤零零的一个“国殇”的问题，因而不得不将《礼魂》提前与《国殇》相次；但《礼魂》的文辞却还要留下作为送神曲用，所能提前的只是一个空的篇名，因而闻氏就只能硬说《礼魂》本来“有目无辞”。然而这样安排之后，原来《礼魂》的文辞却又失掉了篇名，形式上也不大像样，于是闻氏又将它改称为“成礼兮会鼓”章。这么一来，《东皇太一》这个篇名也只能弃而不用，相应地改名为“吉日兮辰良”章了。闻氏通过一连串的假设而构成一种新的体系，将《九歌》篇目重新打乱而巧作安排，我们就只能称之为诗人的想象，很难承认它是学术上的定论。

其实闻氏的安排至此还未妥帖。既然《东君》《云中君》《湘君》《湘夫人》《大司命》《少司命》《河伯》《山鬼》《国殇》《礼魂》十篇均以小神为名，那前后两章又是根据什么了解到它们称之为“吉日兮辰良”章、“成礼兮会鼓”章的呢？既然迎神曲原名“吉日兮辰良”章，那又根据什么材料得知主神名叫“东皇太一”的呢？

此外还有一连串的问题闻氏未曾作答：《东皇太一》《礼魂》二名又是什么时候加上去的？什么人加的？他们为什么要取这些奇怪的名字？……

可见闻氏此说，就以总体而言，还有很多论证不足的地方。

《东君》次在《云中君》前，在理论上说有此可能，但以实际材料而言，却也找不到有力的根据。闻氏作出的解说是：

《史记·封禅书》《汉书·郊祀志》并云“晋巫祀五帝,东君,云中君”,《索隐》引王逸亦云“东君云中君见《归藏易》”,(今本注无此文)咸以二神连称,明楚俗致祭,诗人造歌,亦当以二神相将。(《楚辞校补》)

按《史记》《汉书》为后起之书,与“楚辞”学术系统不同。史书所记晋巫祀神的次序,不一定就是《九歌》各篇神祇的次序。“东君云中君见《归藏易》”句,从《史记》注的上下文意看来,乃是司马贞语,他的目的只是补充一项新的材料,说明《归藏易》中提到过东君和云中君罢了。这可不是什么王逸的注文,也不是什么原始材料中的“二神连称”,不能用来证明《东君》必在《云中君》前。

可见闻氏提出的错简之说也没有什么坚强的论据。

以上还只是停留在字面上展开商讨的,如果再从神的性质上着眼而考虑问题,则可进一步证明此说的难以成立。

大家知道,东君是日神,云中君是云神,日神与云神又怎能相配?古籍上只记载着日、月为对,却始终没有见到过日、云为对。为了证明此说的难以成立,也得征引些材料来作证。

我们先从古代的祀典方面来看。

《左传》昭公元年:“日、月、星、辰之神,则雪、霜、风、雨之不时,于是乎禜之。”

《国语·周语上》:“古者先王既有天下,又崇立于上帝明神而敬事之。于是乎有朝日夕月以教民事君。”

《国语·鲁语下》:“天子大采朝日,与三公、九卿祖识地德;日中考政,与百官之政事,师尹惟旅、牧、相宣序民事。少采夕月,与大史、司载纠虔天刑;日入监九御,使洁奉禘、郊之粢盛,而后即安。”

《周礼·春官》:“〔大宗伯〕以禋祀祀昊天上帝,以实柴祀日、月、星、辰,以槱燎祀司中、司命、风师、雨师。……〔典瑞〕圭璧,以祀日、月、星、辰。”

《礼记·祭法》:“王宫,祭日也;夜明,祭月也。……及夫日、月、星、辰,民所瞻仰也;山林、川谷、丘陵,民所取财用也:非此族也,不在祀典。”

上面提到的那些祭祀对象中的日、月,倒真是两两相对,只是其中不曾发现什么日、云为对。

先秦古籍上有关日、云发生联系而又带有神秘意味的材料,只一见。今亦征引如下。

《左传》哀公六年:“是岁也,有云如众赤鸟,夹日以飞,三日。楚子使问诸周大史。周大史曰:‘其当王身乎?若禜之,可移于令尹、司马。’王曰:‘除腹心之疾,而置诸股肱,何益?不谷不有大过,天其夭诸?有罪受罚,又焉移之?’遂弗禜。”

赤云夹日而飞,并不就是日、云相对,因此这项材料还是不能说明问题。

我们再举古代的神话为证。

《山海经·大荒南经》:“东南海之外,甘水之间,有羲和之国。有女子名曰羲和,方浴日于甘渊。羲和者,帝俊之妻,生十日。”

《山海经·大荒西经》:“有女子方浴月,帝俊妻常羲,生月十有二,此始浴之。”

日、月之母均为帝俊之妻，说明二者亦相对。云的情况与此不同，不能与日、月配对。

最后还得把屈原作品中日、月并提的句子征引于下，加以验证。

> 日月忽其不淹兮，春与秋其代序。（《离骚》）
> 謇将憺兮寿宫，与日月兮齐光。（《九歌·云中君》）
> 日月安属？列星安陈？（《天问》）
> 与天地兮同寿，与日月兮齐光。（《九章·涉江》）

日、月并提的句子就有这么一些。日、云并提的句子，勉强可以找到一句：

> 旌蔽日兮敌若云，矢交坠兮士争先。（《九歌·国殇》）

这里的日、云并不发生什么对等的关系。旌旗蔽日，言将帅之众；敌阵若云，言士卒之多。日、云二者不过是形容军容的手段罢了。

由此可见，不论是宗教、神话还是文学上的描写，都没有出现过日、云配对的情况。人们在日常生活中，也总是把日、月配在一起的。

但闻氏在《什么是九歌》中又申述道：

> 古本歌辞次第，《东君》在《云中君》前，是以二者相次为一组的。《史记·封禅书》及《索隐》引《归藏》亦皆东君、云中君连称。这种排列，大概是依农业社会观念，象征着两个对立的重要自然现象——晴与雨的。

这种说法也有讲不通处。古代自有雨神，古籍数见。

《山海经·海外东经》:“雨师妾在其北,其为人黑,两手各操一蛇,左耳有青蛇,右耳有赤蛇。”郭璞注:“雨师谓屏翳也。”

《山海经·大荒北经》:“蚩尤作兵伐黄帝,黄帝乃令应龙攻之冀州之野。应龙蓄水,蚩尤请风伯、雨师纵大风雨,黄帝乃下天女曰魃,雨止,遂杀蚩尤。”

《韩非子·十过》:“风伯进扫,雨师洒道。”

《汉书·郊祀志上》:“雍有……风伯、雨师。”颜师古注:“风伯,飞廉也。雨师,屏翳也,一曰屏号。”

就在屈原的作品之中,也记录着雨师的名字。

《天问》:“蓱号起雨,何以兴之?”王逸注:“蓱,蓱翳,雨师名也。号,呼也。兴,起也。言雨师号呼则云起而雨下。”

如果屈原真想以晴雨相配的话,尽可直接运用雨师的材料,这儿又何必要转弯抹角地让云师来代劳呢?

可见不论从哪一方面来说,都很难找到日、云配对同临楚宫受飨的事实根据。

由上可知,楚郊祀歌说外表看来虽然整齐划一,然而内部却存在着不少矛盾,不但文献无征,就以常情而言,也有很多说不通处。

持楚郊祀歌说的学者以为屈原写作《九歌》时曾有非常周密的计划,但他们又提不出足以说明问题的有力论据,因而只能通过自身的设想代为构拟。只是这么一来,原来的篇章却被改组得面目全非,于是在屈原名义之下发表的这些“九歌”,实际上已是后代楚辞学者的全新创作了。

楚郊祀歌说的变化者——姜亮夫说

姜亮夫说《九歌》，考其源头，则采民间祭歌之说；论其结构，则与闻一多的学说有相通处，可以说是在楚郊祀歌说的基础上变化而成的。

他也主张两两相配之说。不过姜氏已经看到了日神与云神不相称，因而试图弥补这项缺陷，可惜的是，他不能抛开这种不合理的假设，却又提出了一种很主观的新说。姜氏认为云中君就是月神，这就把郊祀歌说中的矛盾进一步暴露了。他在《云中君》题下解曰：

> 王逸注为云神丰隆，一曰屏翳，后世皆本之。亦见《汉书·郊祀志》："晋巫祠五帝东君云中君之属"，是汉犹承其旧俗也。惟《周礼·大宗伯》以槱燎祀风师雨师，而不及云师，是旧本无云师也。按诸家以云中君为云师，皆本王逸说，别无他据。而王逸实亦望文生训，并不足据。若祀云师，则风雨岂能无祭。寅据云中在东君之后，与东君配，亦如大司命配少司命，湘君配湘夫人，则云中君月神也。又以本篇文义证之，曰"烂昭昭"，曰"齐光"，曰"皇皇"，皆与光义相连。云师宜与电雨相属，不得言光。且既降又突然猋举，此亦与月出没之情态相类。而横四海，即《尚书》所谓"光被四表"之义，故曰无穷，与云神意象亦不合。且春秋以来，无祀云神者，楚民即特殊，其大齐必不能出入太甚，则与其谓为云神之无据，不如指为月神之有根矣。

姜氏这段文字比较缠夹，必须仔细辨析。

姜氏首举《周礼》为证，说是"旧本无云师"，这里所说的"旧本"，究竟指哪一种书的"旧本"？如果说是《楚辞》之中无云师吧，那传世各本明明都有云中君；如果说是《周礼》之中无云师吧，那这又怎能证明《楚辞》之中必无云中君？《周礼》和《楚辞》系统不同，性质各异，我们又怎能拿后起儒家整理过了的一部"经典"来怀疑保持很多先秦旧说的一部南方文学作品呢？这样的做法，非但在校勘学上全无根据，就拿研究神话的方法来说，也是不科学的。

姜氏又说："若祀云师，则风雨岂能无祭？"这也是没有什么理由的诘难。后人怎能根据《周礼》上的说法要求屈原一定写作有关风雨的篇章呢？《史记·封禅书》《汉书·郊祀志》上都说晋巫祀东君、云中君，不及风师、雨师，那我们是否也可以根据《周礼》而否认《史》《汉》记载的真实性呢？

为了说明问题，这里似应对云与云神之间的联系和差别略作说明。大家知道，"一切宗教都不过是支配着人们日常生活的外部力量在人们头脑中的幻想的反映，在这种反映中，人间的力量采取了超人间的力量的形式。在历史的初期，首先是自然力量获得了这样的反映，而在进一步的发展中，在不同的民族那里又经历了极为不同和极为复杂的人格化。"①这样产生的神，既有超人的力量，又有与常人相似的性格；同时，还具有他所代表的某种自然现象的特性。拿云中君来说，"灵皇皇兮既降，猋远举兮云中，览冀州兮有馀，横四海兮焉穷"，象征云的迅疾飘忽，广漠无边，这样生动的描写就是以云的特性作为基础的。但云神已是获得人格化了的形象，所以文中又有"龙驾兮帝服，聊翱游兮周章"等语。其他一些富丽的形容词，也无非用来表示云神的尊贵。姜氏以为《云中君》中不得使用"烂昭昭""齐光""皇皇"等词，而只能与电雨相属，这样也就把神话中的东西和自然现象混为一

① 恩格斯《反杜林论》，《马克思恩格斯全集》第二十卷。

谈了。因为《云中君》中的那些形容词可以用来表示云神的伟大，而姜氏所说的一切实际上只是要求把云神还原为一种自然现象而已。

又姜氏光举“齐光”二字，作为否定旧说的根据，他为什么不提整句句子，并用来检验一下自己的新说呢？假如说云中君真是月神，那“与日月兮齐光”一语，就应解释为“月神与月亮齐光”，试问，行文时能有这样的逻辑么？

姜氏进而论证说：“且既降又突然猋举，此亦与月出没之情态相类。”但我们的感受可与此不同。古人云“银汉无声转玉盘”，月亮的动作老是那么轻柔；“且既降又突然猋举”，月亮的动作不可能这样猛烈；这里用来形容云的变幻不测，不是更妥帖些么？

可见姜氏提出的这种新论点，缺乏坚强的论据和周密的论证，因而那张预先设计好了的日、月相配的蓝图，势难成立。相反，如果仍然根据旧说，用云神来解释《云中君》中描写的一切，却是显得处处合适。可见云中君为云神的旧说，不是轻易否定得了的。

楚郊祀歌说的拓展者——孙作云说

孙作云也是力主楚郊祀歌说的一人。他承闻氏的馀绪而又有所拓展，其主要方法放在《九歌》与汉《郊祀歌》之间字句的比附上，这是与他人有所不同的。

《九歌非民歌说》中说：“《九歌》是楚国国家的乐章，也可以说是楚国的郊祀歌，与汉郊祀歌同类。”其中还列有《九歌与汉郊祀歌的比较》一章，对二者作了详细的比较。

孙氏认为二者之间的相似之处共有三点，“（一）曰一般辞句的雷同”，“（二）曰《练时日》与《赤蛟》等于《东皇太一》与《礼魂》”，“（三）曰祀神的类似”。

《郊祀歌》有《惟泰元》，吴仁杰谓泰元即太一，又有《天地》，篇中云："合好效欢虞泰一"。（盖十九章非一时所作，故有重复）这两篇所祀的神当即《九歌》的《东皇太一》。

《郊祀歌》又有《日出入》一篇，是祀日的歌，等于《九歌》的《东君》。

《郊祀歌》有一篇《五神》，《汉书·礼乐志》〔颜师古〕注引如淳曰："五帝为太一相也"。如淳因为第一句有"五神相"之文，便解为祀太一之佐的五神，真是望文生义。我以为这是祀云神的乐章，与《九歌·云中君》同。因为歌曰："五神相，包四邻，土地广，扬浮云。……丹泪胪，析奚遗，淫渌泽，滢然归。""扬浮云"即《云中君》之"猋远举兮云中"，"包四邻"即《云中君》之"横四海兮焉穷"。至于后两句"淫渌泽，滢然归"，则分明是说云兴雨至的意思。可惜前人都没有看破。

但孙氏最乐举的例子，是汉《郊祀歌》中的《天门》。他说：

我以为《天门》即是祀司命之神，与《九歌》的《大司命》《少司命》同。……

首先《天门》和《大司命》《少司命》在文句上就有许多相同：

天　　门	九　　歌
天门开，诛荡荡。 穆并骋，以临降。	广开兮天门，纷吾乘兮玄云。（《大司命》）
假清风兮轧忽。	乘清气兮御阴阳。（《大司命》）
专精厉意逝九阂。	导帝之兮九坑。（《大司命》） 登九天兮抚彗星。（《少司命》）

续表

天　　门	九　　歌
幡比翅〔兮〕回集， 贰双飞〔兮〕常羊。 泛泛滇滇从高斿。	高飞兮安翔， 高驼（驰）兮冲天。（《大司命》）

（《九歌司命神考》）①

在我们看来，这种论证方法也是缺乏说服力的。上表除了说明二者在个别的字面上有相似之处外，不能用来说明更多的问题。“专精厉意逝九阂”与“导帝之兮九坑”“登九天兮抚彗星”有什么相干？孙氏认为“幡比翅〔兮〕回集，贰双飞〔兮〕常羊”中之“比”“双”均指二司命而言，但我们却很难明白：这里到底是说司命神前来临飨呢？还是前来合作演出歌舞？而《大司命》中的那两句话却是很难和这两层意思联系上去的。

孙氏还说：“至于《天门》：‘函蒙祉福常若期，寂寥上天知厥时’，实即《大司命》‘纷总总兮九州，何寿夭兮在予’之谓，而《天门》‘灵寖鸿，长生豫’，颜师古曰：‘神灵德泽所浸，溥博无私，其福甚大，故我得长生之道而安豫也’，这正是向司命神求长寿之意。”（同上）但依我们的理解，原文的意思并不见得如此。《天门》中前两句的意思是：下民蒙受福祉，常像所期望的那样；上天虽寂寥，然而能及时降福。《大司命》中那两句话的意思是司命自夸能掌握九州百姓的寿夭，这是司命之神自道其身份与具有的能力。二者本有不同，孙氏却说成一致，这里似乎也有曲解材料以迁就体系的缺憾。

众所周知，刘家天子起于东楚，俗尚土风，西汉之时楚调特盛。宫廷中的御用文人制作《郊祀歌》时，接受一些《九歌》的影响，也是可能

---

① 孙作云《九歌司命神考》，《清华月刊》第一卷第一期，1937年版。

的事。但《九歌》与汉《郊祀歌》有本质上的不同。这里先不说《九歌》的文章是如何的飘逸秀丽，汉《郊祀歌》的文章又是如何的枯涩呆板；就拿所祭的神来说，二者之间也很难说有什么共同之点。孙氏虽然极尽搜寻爬剔之能事，然而未必能够自圆其说。

汉《郊祀歌》中有《日出入》一篇，篇名中有个"日"字，因而孙氏把这定为相当于《九歌》中的《东君》；《郊祀歌》中有《惟泰元》一篇，因为"泰元"可解作"泰一"，因而孙氏把这定为相当于《九歌》中的《东皇太一》；《郊祀歌》中的《五神》与《九歌》中的《云中君》在篇名中无相通的文字，孙氏就只能求助于《五神》中的"浮云"一词，来和《云中君》中的"云"字印证。但《郊祀歌》中的《天门》，不论在篇名上，还是在篇内文字中，都没有可与"司命"二字印证的地方，孙氏就只能把字面迹象相近的文字排列一下，去和二《司命》挂钩了。但是这种研究方法颇有治丝益棼的毛病，司命神是汉代普遍崇祀的神，汉代《郊祀歌》的制作者在拟写祭祀司命的颂词时，为什么不露一下名字的端倪，而偏要别开生面地取上一个《天门》的名字呢？这也是令人百思不得其解的事。

但孙氏的学说后来又有了发展。为了证明《大司命》是楚郊祀歌，他在文章中努力发掘内证。《大司命》中有"吾与君兮齐速，导帝之兮九坑"之句，孙氏认为这个"帝"字就是指楚怀王，这样似乎更能证明《九歌》是楚怀王的郊祀歌，"主祭者自然必是楚怀王"了。①

孙氏先作一番考证，认为"九坑"即"九天"，"'导帝之兮九坑'即是导引帝上九天。""这'帝'决不是上帝，一定是人帝。《九歌》既是楚怀王的郊祀歌，则此'帝'字一定指楚怀王。"按"九坑"即"九天"之说，刘永济在《屈赋通笺》卷三《九歌·大司命》的"通训"中早有解说，他引《尔雅·释诂》："坑坑，虚也。"又引郝懿行《义疏》云："坑者，《说文》云：

① 孙作云《说"九歌·东皇太一"为迎神曲》，《文史》第九辑，1980年版。

‘阆也。’盖坑阆，犹闶阆，空虚貌也。……通作亢。”于是刘氏下断语曰：“据此，则九坑，即九虚，犹言九天也。”这种解释本是可备一说的。但孙氏既说楚怀王是楚郊祀大典的主祭者，又说“祭巫要和神巫（大司命）一块儿赶快地导引楚怀王上九天，使之长生不老。”我们就很难明白，楚怀王在这里扮演的角色到底是主祭者呢？还是临飨的受祭者？

孙氏认为《天门》中的“幡比翅”“贰双飞”中的“比”“双”乃指大司命、少司命而言。二神同临受飨，还合作演出，可见其行动之一致。如拿这样的原则来检核孙氏的楚郊祀歌说，则又出现了新的问题，因为《大司命》中固有“导帝之兮九坑”之句，《少司命》中也有“夕宿兮帝郊，君谁须兮云之际”之句，按照孙氏对“帝”字的新说，那就只能解作：“少司命晚上住宿在楚怀王的郊区”了。试问：研究“楚辞”能够摆脱“旧说的束缚”而另立这样的新说么？

由此可证，《九歌》是和汉《郊祀歌》说性质不同的两组作品，硬用比附的手法将之捏合，只能陷于饤饾杂凑，顾此失彼，而不能做到首尾一贯，妥帖顺畅。孙氏学说中的缺陷，正是楚郊祀歌说不符实际的表现。

楚郊祀歌说的根本问题

经过上面的分析，可以了解到楚郊祀歌说本身存在着一些内在的障碍，各家虽想多方设法予以弥补，然而仍然无法得出令人满意的成绩。楚郊祀歌说是依傍汉郊祀歌说而构拟成的。《九歌》中的一些神，东皇太一的性质不明；“礼魂”性质可定而文词甚简；云中君次在东皇太一之后，又无雨师相配；东君退居少司命之后，又无月神相配……这些都是难以作出解释的地方。但楚国巫风特盛，楚国宫廷中隆祭祀，

《九歌》诸神又有原始宗教为背景，乍看起来，有与郊祀歌相近之处；汉郊祀歌记载完整，于是有人依傍汉代宫廷祭歌而对《九歌》重作解释，也就是很自然的事了。但既要把《九歌》看作楚郊祀歌，就得把一些神的次序重新作出编排，因为若依《九歌》传世各本所载神祇的原有次序先后登场，与祀典中神统间应有的秩序无法相应，这就只能煞费苦心地重新组织一番了。

要对《九歌》重作解释，只能采取几种方法，一是把《九歌》中的篇章重新编排；一是对《九歌》中诸神的性质重作说明；一是仰求其他材料作为佐证，与汉《郊祀歌》中的文字进行比附。但这样做，困难重重，很难做到通体完美。尤其是那些求助于文字比附的学者，难免出现牵强附会和顾头不顾尾的缺点。

若说《九歌》就是楚国的郊祀歌，那临祭诸神，应当都是楚产，这就一定要肯定楚国能够祭祀黄河，确定东皇太一是楚国的主神。为了肯定前者，就得说楚国的国境北边已经到达黄河；为了假定后者的性质，也就只能求助于《文选》五臣注中那种望文生义的解释，或是求助于所谓宋玉赋中的“礼太一”之说。这就会使学说内部更增加复杂的内容，要想自圆其说，又增加了难度。

屈原是我国历史上第一个著名的诗人，距离现在年代已很久远，传世的资料记载也不完整，这固然增加了研究工作中的困难，但也给人留下了更多想象的馀地。于是后人研究“楚辞”时，常是凭藉单文孤证另立新说，依傍后代典礼而拟制新说，或是参照世界各地的民俗而构成新说。有人则以此为前提，稍微改变一下论点，演绎出另一种新说，这样自然异说蜂起，新说层出不穷了。各种“楚辞”学说之间也有争论，但是使用的方法却常是有欠科学，因为他们进行辩难时，总是先树立一种新的说法，然后批评别人的论点，这种批评的是否有力，要依自己的新说能否成立为前提，在这样的研究风气的支配下，自然会形成各不相下的局面。为了避免上述情况的出现，我们对楚郊祀歌说的批判，纯从各家学说的内部结构着眼，而不涉及什么先入为主的带有主观色彩的论点。在各种楚郊祀歌说中，闻、姜、孙等人的学术体系和研究方法具有很大的代表性，所以举此作为讨论的对象。其他一些持楚郊祀歌说的学说，因为体系无此完整，而依据的原理和使用的方法有相近处，可以类推而知，这里就不一一评述了。

八、丰隆及其他

宋代的罗愿在《尔雅翼》卷二十八《释鱼》中引用王符的说法，以为龙有“九似”：

> 九似者，角似鹿，头似驼，眼似鬼，项似蛇，腹似蜃，鳞似鱼，爪似鹰，掌似虎，耳似牛。

这真是一种不寻常的怪物！但怪则怪矣，只是世界上恐怕从来还没有出现过这种“什样锦”。显然，这只能是后人想入非非的结果。本来在我国有关动物的神话传说中，龙的异说最多，被渲染得最为神奇，尤其是当它被用来象征皇室的威权之后，历代统治阶级无不乐于在它的形体上或事迹上添加些神秘的色彩，这样久而久之，前代的说法和后代的说法也就相差很远了。

龙在上古并不神秘

龙的描绘经历着一段历史的演变。在商代，龙是一种不太神秘的动物，卜辞中即常见龙字，且国有以“龙方”为名者(《殷虚书契续编》第四卷第二十六页第三片)，地有以“龙囿”为名者(《殷虚书契前编》第四卷第五十三页第四片)。在周代，龙还是常见记载，《易·乾·九二》上说“见龙在田，利见大人”，《坤·上六》上说“龙战于野，其血玄黄”，说明当时的人见了龙之后还不以为奇。

但到春秋、战国之时，北方中原地区却难于看到龙了。一旦发现时，人们已不大能了解它的情况。《左传》昭公十九年记“郑大水，龙斗于时门之外洧渊”，郑国的人都视之为神异而欲致祭；昭公二十九年记“龙见于绛郊”，魏舒就要向史墨询问究竟：可见当时的人都已不免少见多怪。《水经·泗水注》引《尸子》：“韩雉见申羊于鲁，有龙饮于沂。韩雉曰：‘吾闻之：出见虎，搏之；见龙，射之。今弗射，是不得行吾闻也。’遂射之。”《庄子·列御寇》：“朱泙漫学屠龙于支离益，单千金之家，三年技成而无所用其巧。”问题可能就在当时北方已经很难见到这种动物，故而射杀的机会不多，学屠之后也已无所施其伎俩。但由此可以推知，在这之前中原地区当有较多的龙可供捕杀。

古代还有专门饲养它的能手，即所谓“豢龙氏”。

就在《左传》昭公二十九年的一段文字中，详细记载着有关豢龙、屠龙的故事。

> 秋，龙见于绛郊。魏献子问于蔡墨曰：“吾闻之，虫莫知于龙，以其不生得也。谓之知，信乎？”对曰：“人实不知，非龙实知。古者畜龙，故国有豢龙氏，有御龙氏。”献子曰：“是二氏者，吾亦闻之，而不知其故，是何谓也？”对曰：“昔有飂叔安，有裔子曰董父，实甚好龙，能求其耆欲以饮食之，龙多归之，乃扰畜龙，以服事帝舜。帝赐之姓，曰董；氏，曰豢龙。封诸鬷川，鬷夷氏其后也。故帝舜氏世有畜龙。及有夏孔甲，扰于有帝，帝赐之乘龙，河、汉各二，各有雌雄。孔甲不能食，而未获豢龙氏。有陶唐氏既衰，其后有刘累，学扰龙于豢龙氏，以事孔甲，能饮食之。夏后嘉之，赐氏曰御龙，以更豕韦之后。龙一雌死，潜醢以食夏后。夏后飨之，既而使求之，惧而迁于鲁县，范氏其后也。”

这个夏代的豢龙氏，不知与卜辞中的“龙方”是否属于一族？或许这是一个以“龙”为图腾的部族，所以极度爱护龙这种“神物”，但后来的人却杀戮本族尊奉的图腾，因而为夏人所灭的吧。《国语·郑语》曰：“董姓鬷夷豢龙，则夏灭之矣。”汉代王符在《潜夫论》中著《志氏姓》篇，详记各族之自出，就是依据《左传》中的上述记载而立论的。但王氏随后又说：“豢龙逢以忠谏，桀杀之。”则是历史上著名的忠臣关龙逢就是以龙为图腾的这一部族之后了。

尽管这些材料之中还是经常穿插进某些神秘的描写，但下面几点则是可以肯定下来的：龙在古代说来，是一种实有的动物，一种常见的动物，可以饲养，以供食用。这也就是说，有关它的种种神奇的说法，只是经过后人不断的夸张和增饰才形成的。

龙的原型是鼍(扬子鳄)

夸张和增饰也得有一定的基础。这里应作进一步的探究，龙的原型是什么？后代的人究竟是以什么动物为基础，然后在这上面堆垛想象的？

这也要用发展的观点进行考察。首先要对记载龙的形状和特性的原始资料进行研究。

《左传》襄公二十一年：“深山大泽，实生龙、蛇。”

《荀子·致士》篇：“川渊者，龙、鱼之居也……川渊枯则龙、鱼去之。”

《韩非子·说难》：“夫龙之为虫也，柔可狎而骑也；然其喉下有逆鳞径尺，若人有婴之者，则必杀人。”

《楚辞·惜誓》：“神龙失水而陆居兮，为蝼蚁之所裁。”

更值得注意的是，卜辞中有许多龙的象形字，形态不一，其中有作者（《铁云藏龟》第六十二页第三片），已将龙的轮廓较明显地勾勒了出来。

综合考察上述各种材料，可以推知：龙是一种生长于水中又能活动于陆地的爬行动物，喜欢活动在潮湿的水泽地区。其形状为：巨口，有足，尾尖细，体修长，上有鳞斑。

毕竟汉代去古尚近，有关记载与此相合。

> 《淮南子·精神》："禹南省方，济于江，黄龙负舟，舟中之人五色无主。禹乃熙笑而称曰：'我受命于天，竭力而劳万民。生，寄也；死，归也，何足以滑和？'视龙犹蝘蜓，颜色不变。龙乃弭耳掉尾而逃。"
>
> 《论衡·龙虚》："世俗画龙之像，马首蛇尾。由此言之，马蛇之类也。"

所谓马首，即形容其头部长；所谓蛇尾，即形容其尾部尖细。总的说来，其状貌与守宫相似。根据这些记载，再结合古代流传下来的石刻以及画像砖上的图像，加以推断，这种称为龙的动物，其形态与性情与鳄鱼一类动物极相类似。可以设想，古人所说的龙，实在是以鳄鱼一类动物作为原型的。

但鳄鱼之中还有不同的类别，诸如尼罗河鳄、印度鳄、马来鳄、密西西比鳄……均非我国所产，与我国古代的所谓龙，想来无甚关系。扬子鳄产于我国，因而说龙的原型是扬子鳄，最有可能。

在所有这些不同类别的鳄鱼中，扬子鳄的性情最为和顺，在一般情况下，不伤害人。《韩非子》上说龙"可狎而骑"云云，谅由此起。

扬子鳄习惯居住在较热的地区。古代中原地区气候较炎热，故而人们遇见龙的事还多见于载籍。其后北方的气候慢慢有了变化，平均温度逐渐下降，性喜温暖的扬子鳄不能适应新的情况，逐渐南移到长江流域，于是晋、郑等国的人对于龙的情况不免隔膜，这也是战国之时南方学者的著作之中喜欢谈龙的客观原因之一。

应该说明，龙的原型为鳄，前人有过这种说法，这里根据古代的文献记载续作论证，并在下面展开这个论点。

原始的雷神以扬子鳄为原型

龙在我国神话传说中占有重要的地位。有趣的是：初民所理解的雷神，实际上就是一条龙。

> 《山海经·海内东经》："雷泽中有雷神，龙身而人头，鼓其腹则雷也。"[①]
>
> 《淮南子·地形》："雷泽有神，龙身人头，鼓其腹而熙。"

与此相似的记载，尚见于其他典籍。

> 《吕氏春秋·仲夏纪·古乐》："帝颛顼生自若水，实处空桑，乃登为帝。惟天之合，正风乃行，其音若熙熙、凄凄、锵锵。帝颛顼好其音，乃令飞龙作效八风之音，命之曰《承云》，以祭上帝。乃命鱓先为乐倡。鱓乃偃寝，以其尾鼓其腹，其音英英。"

---

① 末三字从《史记·五帝本纪》张守节《正义》引《括地志》转引本经文补入。

这两种记载应当同出一源，不过《山海经》中的记载较多地保存着自然神话的原始形态，而《吕氏春秋》中的记载则已较多地加入了后代人的意识；后人已在试图将此材料改编为正史。

《吕氏春秋》中提到的鱓，即扬子鳄。"扬子鳄"是现代生物学上的学名，"鱓"则是我国古来习用的名称。《山海经》中的龙，即《吕氏春秋》中的鱓。这也就是说，龙即鱓，亦即扬子鳄。

我国古代的雷神实际上只是一条鱓。雷神是以扬子鳄为原型而创造出来的。

耐人寻味的是，雷神为什么要敲击它的腹部？敲击之后又为什么能够发出隆隆雷声或"其音英英"呢？

原来这里还有一层道理在。鳄在音乐上有特殊的用途，它的皮可以用来蒙鼓。这在古籍上屡见记载。

> 《诗经·大雅·灵台》："鼍鼓逢逢。"陆玑《毛诗草木鸟兽虫鱼疏》卷下"鼍鼓逢逢"条："鼍形似蜥蜴，四足，长丈余。生卵，大如鹅卵。甲如铠，今合乐鼍鱼甲是也。其皮坚厚，可以冒鼓。"
>
> 《山海经·中山经》："岷山，江水出焉，东北流注于海，其中多良龟，多鼍。"郭璞注："似蜥蜴，大者长二丈，有鳞彩，皮可以冒鼓。"
>
> 《逸周书·王会》："会稽以鼍。"孔晁注："其皮可以为鼓。"
>
> 《吕氏春秋·季夏纪·季夏》："是月也，令渔师伐蛟取鼍，升龟取鼋。"高诱注："蛟、鼍、鼋皆鱼属。鼍皮可作鼓。"

"鼍"是"鱓"的本字。《史记·李斯列传》记其《谏逐客书》有句云："树灵鼍之鼓"，《文选》则作"鱓"字，裴骃《集解》及李善注均引郑玄《月令》注云："鼍(鱓)皮可以冒鼓。"又《大戴礼记·夏小正》亦云"剥鱓以为鼓也”。

鼍皮为制鼓佳品，尤以腹部的皮质地为优，所以神话传说中有龙自鼓其腹的描写。其他一些材料中也曲折地表达出龙(鼍)与鼓的关系。

《山海经·西山经》：“钟山，其子曰鼓，其状如人面而龙身。”

左思《蜀都赋》：“潜龙蟠于沮泽，应鸣鼓而兴雨。”《文选》李善引刘逵注引谯周《异物志》：“巴东有泽水，人谓有神龙，不可鸣鼓；鸣鼓其傍，即便雨也。”

我们再拿实际材料来看，《部钟》上有“玉镏鼍鼓”之语，“鼍”字作形，下从黾，表明它是水生动物，上像额骨高耸状。又鼍鼓实物传世者有双鸟饕餮纹鼓，其图像见容庚编《商周彝器通考》。[①] 此鼓为周代旧物，察其鼓皮纹理，形如棋局文，实为鳄鱼之皮。可见古代的所谓鼍，确是扬子鳄。龙、雷神云云，都是以此为原型而构成的。

雷鼓与雷车

不过鼍之为物毕竟较难捕得。尤其是在中原地区。原料既缺乏，势难大量应用鼍皮蒙鼓。大约总是由于用以蒙鼓的材料不一，所以在雷神问题上又发生了与此不同的记载。

《山海经·大荒东经》：“东海中有流波山，入海七千里，其上有兽，状如牛，苍身而无角，一足，出入水则必风雨。其光如日月，

① 容庚《商周彝器通考》下册九八〇图，哈佛燕京学社 1941 年版。自容氏著录此鼓后，考古工作者还曾多次发现同样的鼓。

其声如雷，其名曰夔。黄帝得之，以其皮为鼓。橛之以雷兽之骨，声闻五百里，以威天下。”

“夔”一足之说，尚见于《庄子·秋水》篇、《吕氏春秋·慎行论·察传》《韩非子·外储说左下》和《国语·鲁语》韦昭注等文。这种传说确是很奇特，但《山海经·大荒东经》上说它“状如牛”，《中山经》称之为“夔牛”，《尔雅·释畜》称之为“犩牛”。（郭璞注：“即犪牛也。”）问题恐怕就在匠人采用的材料不同，有的采用牛皮蒙鼓，由是发生了这种有关雷神的异说。

不过鼍为雷神之说看来颇为深入人心。夔的异说很多，其中也有不少记载径自把它说成龙形。

《说文解字·夊部》：“夔，神魖也。如龙，一足，从夊。象有角、手、人面之形。”

扬雄《甘泉赋》：“梢夔魖而抶獝狂”，《汉书·扬雄传》颜师古注引孟康曰：“木石之怪曰夔。夔神如龙，有角，人面。”

张衡《东京赋》：“残夔魖与罔像”，《文选》李善引薛综注：“夔，木石之怪。如龙，有角，鳞甲光如日月，见则其邑大旱。”

说夔形如“龙”，即确定它为鼍的变种，因而这种异说，与鼍为雷神之说一致，其间并无矛盾。

不论夔状“如牛”或“如龙”，中心问题还在与鼓有关。《庄子·达生》篇上说：“山有夔”，陆德明《释文》引司马彪云：“状如鼓而一足”，其背景就在于夔之皮可以蒙鼓。

在初民的眼中，鼓是一种带有神秘意味的乐器。人类学家一致认为，鼓是最原始的乐器之一，在古代的文化生活中占有重要的地位。

《申子·大体》中说："鼓不与于五音而为五音主。"(《群书治要》卷三十六引)《荀子·乐论》中说："鼓其乐之君邪!"因为初民的音乐最重节奏，而鼓的作用能使节奏分明，且起定音作用，因此它在乐队演奏和舞队表演时担任领头的作用。《吕氏春秋·仲夏纪·古乐》篇上说的帝命鱓鼓腹先为乐倡云云，有其根据在。

也就是这些原因，古代又发生了"夔作乐"的传说(《初学记》卷十五引《世本》)，其后更发生了夔为舜之乐官的记载(《尚书·尧典》)。当然，这里经历了一段儒家改造神话传说的过程。

正像《诗经·大雅·灵台》中所形容的那样——"鼍鼓逢逢"，敲击大鼓或是众鼓齐鸣时，鼓声隆隆，这很容易使人联想到雷鸣上去。鼍之演变为雷神，谅由此起。

但时至后代，这种原始意味浓厚的自然神话却难于为人接受了：庄严的雷神怎么会卷起尾巴敲打自己的肚子呢？于是后来又产生了雷公击鼓的传说。

《论衡·雷虚》："图画之工，图雷之状，累累如连鼓之形。又图一人若力士之容，谓之雷公，使之左手引连鼓，右手推椎，若击之状。其意以为雷声隆隆者，连鼓相叩击之意也。其魄然若敝裂者，椎所击之声也。其杀人也，引连鼓相椎，并击之矣。"

我们认为，中国雷神的构成曾经经历过以上所说的一些曲折过程。由于联想作用，初民以为天上打雷就是雷神在击鼓，而古代以鼍为制鼓佳品，因而他们又把雷神说成一条鼍。鼍是龙的原型，由是神话宝库《山海经》中描写的雷神就是一条龙。

除与鼓有关的雷神神话外，还有另一系统的雷神神话——雷神与车有关。

《庄子·达生》:"委蛇,其大如毂,其长如辕,紫衣而朱冠。其为物也,恶闻雷车之声,则捧其首而立。"

"雷车"之说,当然也是由声音上联想而来的。车子行走时,也会发出轰隆轰隆的响声,与雷声极为近似。后代文人就常有这方面拟声的描写,如司马相如《长门赋》中写道:"雷殷殷而响起兮,声象君之车音";杜牧《阿房宫赋》中写道:"雷霆乍惊,宫车过也,辘辘远听,杳不知其所之也。"

雷神、雷车,这是两种不同系统的神话传说。二者之中,大约又以雷鼓之说为先,因为鼓的出现时代极早,而且以鼍为雷鼓,更符合初民的观念。雷车之说,大约总是在车子的使用相当广泛的时候才出现,揆诸情理,当较雷鼓之说为后起。

总的说来,我国古代有关雷的神话传说,不出鼓、车二者。后代祭祀雷公时,供奉的道具,也不出鼓、车二者。

《岭表录异》:"雷州之西,雷公庙。百姓每岁配连鼓、雷车。"(《太平广记》卷三百九十四引)①

我国神话的特点之一——雷神与云神不分

我国古代的神话记载中,有称雷神为"丰隆"者。"丰隆"二字就是一个拟声词,由描写雷声而起,犹今言"轰隆"是也。下面再引用些这方面的例子,加以阐发。

---

① 钱易《南部新书》卷庚叙此作"每年配纳雷鼓、雷车"。

《离骚》："吾令丰隆乘云兮，求宓妃之所在。"王逸《章句》："丰隆：云师；一曰雷师。"

王逸的注释颇令人困惑。关于丰隆，为什么会存在着两歧的说法呢？然而检查古代文献资料，发现丰隆为雷神或为云神之说，原来都有很大的势力。

说丰隆是雷神的材料有如：

《穆天子传》卷二："辛酉，天子升于昆仑之丘，以观黄帝之宫，而封丰隆之葬。"郭璞注："丰隆筮御云，得大壮卦，遂为雷师。"

《淮南子·天文》："季春三月，丰隆乃出，以将其雨。"高诱注："丰隆，雷也。"

张衡《思玄赋》："丰隆軯其震霆兮，列缺晔其照夜。"《文选》李善引旧注："丰隆，雷公也。"

说丰隆为云师的材料有如：

《楚辞·九章·思美人》："愿寄言于浮云兮，遇丰隆而不将。"王逸《章句》："云师径游，不我听也。"

《楚辞·远游》："召丰隆使先导兮"，王逸《章句》："呼语云师，使清路也。"

司马相如《大人赋》："贯列缺之倒景兮，涉丰隆之滂沛。"《史记·司马相如列传》张守节《正义》引张云："丰崇，云师也。"

这是两种不同的传说，貌似矛盾，实则内部有联系。因为雷与云之间关系密切，雷声即从云中发出，所以古代雷、云二者每联属言之。

这种自然现象上的特点，反映在神话上，也就形成了雷神与云神的不分。

可以说，雷神与云神不分，是我国古代神话的特点之一。

这个问题，除从"丰隆"一名上加以考察外，还可以从文字、音韵等方面来加以论证。

《说文解字，雨部》："靁：阴阳薄动，靁雨生物者也。从雨，畾象回转形。[illegible]，古文靁；[illegible]，古文靁；[illegible]，籀文靁。〔畾〕间有回；回，靁声也。"

按与古文（或籀文）"靁"字有关的文字尚见于古代典籍。

《管子·侈靡》："若是者必从是罍亡乎？"俞樾曰："罍，古儡字也。……罍亡，犹言败亡也。"①

《汉书·文三王传》："〔梁〕孝王有罍尊。"应劭曰："《诗》云：'酌彼金罍'，罍画云雷之象，以金饰之也。"郑氏曰："上盖刻为山云雷之象。"颜师古曰："郑说是也。罍，古雷字。"②

这个罍字中衍化出来的字在《说文解字》中还出现过多次。

唐本《说文解字》："櫑：龟目酒尊，刻木为云雷，象施不穷也。从木畾，畾亦声。[illegible]，櫑或从缶；[illegible]，櫑或从皿；[illegible]，籀文櫑，从缶[illegible]。"

---

① 罍原作罍，从俞樾说校正。俞说见《古书疑义举例》卷七"不识古字而误改例"。

② 雷尊一名云尊。《论衡·乱龙》："云尊刻云雷之象。"说明雷、云二者密不可分，所以一物二名。

《说文解字·鸟部》："：鼠形飞走且乳之鸟也。从鸟，畾声。，籀文鸓。"

《说文解字·木部》："：木也。从木，藟声。，籀文。"

靁字的构造何等繁复，而当简化了的小篆普遍使用之时，古文或籀文的雷字还被广泛地保存下来。我国的文字属于所谓象形文字的体系，读者可以即形以知物，这个构造繁复的雷字具有这方面的优点，它内部所包含着的各项要素能够很好地起到会意的作用，所以后人不愿立即加以废弃。古文或籀文雷字的字形上恰切地反映出古人对这种自然现象的认识。

许慎认为畾象回转形，这是错误的。实则⊕形象车轮，《殷虚书契菁华》第三页上车字作形，《铁云藏龟》第一百十四页第一片上车字作形，《毛公鼎》上的车字作形，《父乙尊》上的车字作形，其车轮之形正如此。

古文雷字、籀文雷字的中部，都有形，这倒真象"回转形"，它是古文回字，也就是古文雲字。《说文解字·雲部》中的"雲"字有两个古文，下一字作形，与形正相同。《说文解字·口部》："囩：回也。从口，云声。"段玉裁于"回也"下注曰："〔囩、回〕二字叠韵。雲字下曰'象雲回转形'，沄字下曰'转流也'，凡从云之字，皆有回转之义。"可知回转之"回"字实由"雲"字引申而得。

通过以上的分析，可以知道，古文和籀文的雷字形体上包含着云与车轮两个部分，说明这是一个会意字，反映出了古人对雷的完整观念，也表现出了云与雷的密切关系。《东君》有句曰："驾龙辀兮乘雷"，洪兴祖《补注》引《淮南》曰："雷以为车轮。"此说出于《淮南子·原道》篇，文曰："电以为鞭策，雷以为车轮。"高诱注："电激气也，故以为鞭策；雷转气也，故以为车轮。"他们以为天上有神驾着车子在以气为原质的云层中行走，丰隆丰隆的雷声不断地从中迸发出来，这样也就产生了雷神与云神都叫作丰隆的说法。

《说文解字》以“阴阳薄动”释“雷”，认为雷之产生由于气之摩擦而形成回转，跟高诱的解释完全一致。与此有关，古人认为云也是由气构成的。许书《雲部》上说：“雲，山川气也。从雨，云象回转形。”说明古人认为构成雷、云的要素是相同的。而气之名为“丰隆”，还可用其他例证说明。水气受热上蒸，如水沸饭熟之时，就发出“呼噜”“呼噜”的声音，“呼噜”亦即“丰隆”；人打鼾时，气冲喉头而出，所发声响，也叫作“打呼噜”，“呼噜”亦即“丰隆”。诸此均可用作雷声、云气均名丰隆之旁证。

凡上种种，说明我国古代的神话传说中确有雷神、云神不分的特点，这也就说明了中国古代自有云神。由于我国疆域广大，各地流传的神话传说系统不一，而且始终未曾形成统一的神统，因此各地对云神的说法有所不同。在各种记载中，出现过一些不同的名称，除《楚辞·离骚》等篇称之为“丰隆”外，《庄子·在宥》篇称之为“云将”，《左传》昭公十七年中称之为“云师”，而晋地则称之为“云中君”。这不但有作品为凭，古注为证，而且在《史记·封禅书》和《汉书·郊祀志》上都明白记载着晋巫祀云中君的事。可见《楚辞》之中出现“云中君”的专篇，并不是什么不可理解的事，王逸的解释也不能说是什么“望文生训”。

初民一般都有崇拜风、云、雷、雨的情况，尤其是在进入农业社会之后，因为天气变化对农业的收成影响极大，而他们又缺乏抵御天灾的足够能力，对此又作不出科学的解释，只以为冥冥之中有神在主宰一切，于是他们转而祭祀风、云、雷、雨，祈求福祐。我国古代很早就已进入农业社会，因而很早就有祭祀风、云、雷、雨的事。卜辞中就有祭祀云的记载，如《殷虚书契续编》第二卷第四页第十一片上说：“贞賓于帝云”，《小屯乙编》第5317片上说：“乎雀尞于云，犬”，等等。其后祭祀云神的事，仍常见记载，即以东汉章帝时著名的白虎观宗教会议上确定的原则来说，就有“大旱则云祭”的决定，在《白虎通义》卷四《灾变》篇中就有记载，这对后代的典礼发生过很大的影响。有人提出“春秋以来，无祠云神者”，与事实并不符合。即使有的朝代不把云神列入祀典，但以自然现象相通之故，祭祀雷神也就是在祭祀云神，这在上面已经介绍的很多了。

九、屈原创作说申述

前面已经介绍过，以往曾有两派学者，从不同的角度出发，否定屈原的写作权。一派以为《九歌》应当出现在屈原之前，这样才能解释“楚辞”这一文体的源流演变；一派以为《九歌》应当出现在屈原之后，这样才能与汉武帝时的郊祀太一之说统一起来。这些论点都有从现成观念出发、不从客观事实出发的缺点。其后经过许多争论，才把屈原的写作权稳定下来。但屈原通过什么途径接触到《九歌》的创作素材？为什么说《九歌》一定是屈原的作品？又用哪些材料可以作为证明？……这些问题仍应进一步作出解释。

屈原通过什么途径接触到《九歌》众神的创作素材

《九歌》中的某些作品，如《大司命》《少司命》《湘君》《湘夫人》《山鬼》《国殇》《礼魂》等篇，可能曾有流传于楚地的某种民间祭歌或民间传说为基础；其他一些作品，如《东皇太一》《东君》《云中君》《河伯》等篇，则不可能是楚国原有的民间祭歌或民间传说。这就要求进一步作出解释：这些材料，怎么会在屈原头脑中浮现的呢？

楚国诸神之出现于笔下比较容易理解。可能屈原曾在宫廷或民间亲自听到过有关大司命、少司命等神的传说或看到过有关的祀典；可能屈原曾在流放南湘时亲自听到过二湘及山鬼等神的传说或看到过有关的祀典；平民祭祀时用《礼魂》，屈原也尽有机会接触；《国殇》歌颂为国牺牲的忠勇将士，可能与当时的时代背景有关。楚国多次与秦国交锋，虽屡遭挫折，然士气终不屈，当时或有祭祀阵亡将士之举，屈原感此而作《国殇》，也近于情理。

但那些异国神祇，屈原又怎能与之接触呢？我们认为，这里可能要经过一段曲折的过程。

屈原之能于接触这些北方的神祇，分析起来，其可能性有三：

一种可能是，他在出使北方时，目睹或耳闻过某些神祇的祀典或传说，譬如他在出使齐国之时，就有机会了解到东皇太一等神的情况。再如他在本国"接遇宾客"之时，也有可能辗转了解到各国神祇的某些情况。

屈原的活动年代，和齐宣王、齐湣王同时，而他不止一次出使过齐国，并有一段时间耽得较久，可以说是一位"齐国通"了。是时稷下学宫正盛，其中不乏谈神说鬼的人物，而且齐国的民情风俗也保存着许多原始的宗教信仰，屈原生活在这样的环境中，必然会接触到不少这方面的材料，为日后的写作奠定下基础。《史记》本传上说他出则"应对诸侯"，我们虽然已经无法确知他还到过哪些国家，但他在出使的过程中接触过不少异国的宗教民俗，则是不难想到的。

一种可能是，他从书本上了解到各国的宗教情况。屈原是非常博学的人，《史记》本传上说他"博闻强志"，这些都可从《天问》等篇中明白看出。楚国拥有许多性质特殊的典籍，与北方中原地区的文献有所不同，如《左传》昭公十二年载左史倚相"能读三坟、五典、八索、九丘"，即可推知。胡小石师说："我们应该明白认识到所谓三坟五典，所谓八索九丘，不是中原文献，一定是保存在南方蛮国中的古代书籍，而不是如汉儒所解的三皇、五帝、八卦、九洲的书。"①这些书籍之中就有可能记载着南北各地神祇的有关情况，知识渊博的屈原就有可能通过它们而了解到《九歌》中的一些神祇的底细。

---

① 胡小石《屈原与古神话》，载《雨花》1957年1月号。

一种可能是，有关这些神祇的祀典有可能蜕变成歌舞的形式而流传，或出现于各国宫廷，或演出于贵族私邸，从而使屈原有与之接触的机会。

宗教歌舞的来龙去脉一般都遵循着这样的轨迹。这些歌舞的性质，本来比较庄重，专门用于宗庙祭祀，娱神的意味比较浓厚，但发展到后来，随着人类文化水平的提高，宗教势力日趋削弱，于是某些宗教歌舞虽然仍在照常演出，但其娱人的性质却日占重要，这样的宗教歌舞就常是同时起着娱神与娱人的双重作用，其后更发展到娱神云云徒具形式，纯以娱人为主了。在许多古老民族中，常是利用宗教节日尽情游乐，他们利用这样的时机，让青年男女相互结识，缔结良缘，因此规模巨大的宗教节日实在具有全民节日的意义。其时演出的宗教歌舞，有些还含有猥亵的内容，春秋、战国之时，社会上还有这样的流风馀韵。

《墨子·明鬼》："燕之有祖，当齐之社稷，宋之有桑林，楚之有云梦也。此男女之所属而观也。"

《吕氏春秋·季春纪·季春》："是月之末，择吉日，大合乐。天子乃率三公、九卿、诸侯、大夫亲往视之。是月也，乃合累牛腾马，游牝于牧。牺牲驹犊，举书其数。国人傩，九门磔禳，以毕春气。"

《礼记·杂记下》："子贡观于蜡。孔子曰：'赐也，乐乎？'对曰：'一国之人皆若狂，赐未知其乐也。'子曰：'百日之蜡，一日之泽，非尔所知也。张而不弛，文、武弗能也；弛而不张，文、武弗为也。一张一弛，文、武之道也。'"

《汉书·地理志下》："陈本太昊之虚，周武王封舜后妫满于陈，是为胡公，妻以元女大姬。妇人尊贵，好祭祀，用史巫，故其俗巫鬼。陈《诗》曰：'坎其击鼓，宛丘之下，亡冬亡夏，值其鹭羽。'

（颜师古曰：‘鹭鸟之羽以为翿，立之而舞，以事神也。无冬无夏，言其恒也。’）又曰：‘东门之枌，宛丘之栩，子仲之子，婆娑其下。’（颜师古曰：‘言于枌榆之下歌舞以娱神也。’）此其风也。”

可见宗教歌舞之由娱神转为娱人，实有其普遍性。

上述《墨子》中的一段记叙，最值得注意。燕之有“祖”，情况如何，已经不见记载；齐之“社稷”和宋之“桑林”，则有较多的记叙，可以窥见其盛况。

《春秋》记鲁庄公二十三年“如齐观社”，三《传》都以为非礼而予以批判，《谷梁传》释此事曰：“以是为尸女也。”《说文解字》卷八释“尸”曰：“陈也，象卧之形。”大约这也就是玉体横陈的意思了。所以鲁国的大臣们以其不合礼制而反对鲁庄公前往，但齐人可并不以此为怪，所谓“男女所属而观”，可以看到这种“社”日的风魔朝野。齐国文化水平虽高，但社会上却保存着不少旧时的习俗，例如齐襄公、桓公宫中“姑、姊、妹之不嫁者”数十人，就有可能保留着旧时普那路亚家庭制度的遗痕；又如齐国还曾有长女不嫁之制，是称“巫儿”，为家主祠，也当是旧日母系家长制的残余。根据恩格斯的介绍，在从群婚制过渡到对偶婚时，有的民族中出现一种妇女有限制的献身办法，作为把自己从古时存在过的共夫制之下赎身的措施，例如巴比伦的女子每年需有一次在米莉塔庙里献身给男子。[①] 齐人之“社”，或许也是类似于这种旧时习俗的活动。

“桑林”之由宗教信仰发展为歌舞节目，更能看清其演变的脉络。

“桑林”即“桑林之社”，原来应当是殷人崇祀的一位地方保护神。

① 恩格斯《家庭、私有制和国家的起源》，《马克思恩格斯选集》第四卷，人民出版社 1966 年版。

从商汤开始，就已举行祭祀了。

《吕氏春秋·季秋纪·顺民》："昔者汤克夏而正天下，天大旱，五年不收，汤乃以身祷于桑林，曰：'余一人有罪，无及万夫；万夫有罪，在余一人。无以一人之不敏，使上帝鬼神伤民之命。'于是翦其发，鄌其手，以身为牺牲，用祈福于上帝。民乃甚悦，雨乃大至。"

《淮南子·主术》："汤之时，七年旱，以身祷于桑林之际，而四海之云凑，千里之雨至。"

《帝王世纪》："汤自伐桀后，大旱七年。殷史卜曰：'当以人祷。'汤曰：'吾所为请雨者，民也。若必以人祷，吾请自当。'遂斋戒，剪发断爪，以己为牲，祷于桑林之社。言未已而大雨，方数千里。"(《艺文类聚》卷十二引)

这些记载，还保存着原始信仰的真实情况，切合商代初期的意识，是很好的古史材料。看来桑林之社还很灵验，商人一直尊奉，所以武王克商之后，仍由宋人祭祀。《吕氏春秋·慎大览》上说："武王胜殷……下舆，命封夏后之后于杞；立成汤之后于宋，以奉桑林。"

祭祀桑林之时，必然伴有宗教歌舞，这就叫作桑林之舞了。《庄子·养身主》以为庖丁解牛时用刀的节奏"合于桑林之舞"，说明到了春秋、战国时，确有水平很高的宗教歌舞"桑林"出现。

先秦之时，文化学术得到了长足的进步，音乐歌舞的盛行，也达到了前所未有的程度。当时各国宫廷之中经常演出不同类型的音乐歌舞；各国之间礼尚往来时，也常演出歌舞节目来招待他国的诸侯或使者。

《左传》襄公十年："宋公享晋侯于楚丘，请以《桑林》，荀莹辞。

荀偃、士丐曰：‘诸侯宋、鲁，于是观礼。鲁有禘乐，宾祭用之。宋以《桑林》享君，不亦可乎？’舞师题以旌夏，晋侯惧而退入于房。去旌，卒享而还。及著雍，疾。卜，桑林见。荀偃、士丐欲奔请祷焉，荀莹不可，曰：‘我辞礼矣，彼则以之；犹有鬼神，于彼加之。’晋侯有间。”

桑林之舞中还保留着一些原始宗教的恐怖气氛，对不熟悉情况的人来说，甚至会吓出病来，但宋人把它作为最好的文娱节目介绍给上宾，说明这在本国人看来，已是无足介意而纯以娱人为主的了。

楚之云梦当与宋之桑林性质相近，但以史缺有间，难以窥其全豹，不过后来楚襄王与神女会于云梦云云，应当也是这种古老习俗的曲折反映。

《左传》成公十三年上说：“国之大事，在祀与戎。”古代的统治阶级假托天命以行事，故而无不勤于祭祀。祭祀的对象复杂多样，随之宗教歌舞的内容和形式也是多种多样的。至于在哪一种场合演出哪一种歌舞，古籍中也有具体记载。

《周礼·春官》：“〔大司乐〕以乐舞教国子，舞《云门》《大卷》《大咸》《大磬》《大夏》《大濩》《大武》，以六律、大同、五声、八音、六舞、大合乐以致鬼神示，以和邦国，以谐万民，以安宾客，以说远人，以作动物。乃分乐而序之，以祭、以享、以祀。乃奏黄钟，歌大吕，舞《云门》，以祀天神；乃奏大蔟，歌应钟，舞《咸池》，以祭地示；乃奏姑洗，歌南吕，舞《大磬》，以祀四望；乃奏蕤宾，歌函钟，舞《大夏》，以祭山川；乃奏夷则，歌小吕，舞《大濩》，以享先妣；乃奏无射，歌夹钟，舞《大武》，以享先祖。”

《周礼》乃后出之书，上面这些体系完整的记载，当然不见得绝对可信，但总有若干史实为基础。这里可以注意一点，即上面提到的这些歌舞，如同桑林之舞一样，原来大都用于宗教祭祀，后来却已用作娱乐品，用于娱宾或自娱了。《左传》襄公二十九年记吴公子季札如鲁观乐，“见舞《象箾》《南籥》者，曰：‘美哉！犹有憾。’见舞《大武》者，曰：‘美哉！周之盛也，其若此乎！’见舞《韶濩》者，曰：‘圣人之弘也，而犹有惭德。圣人之难也。’见舞《大夏》者，曰：‘美哉！勤而不德，非禹，其谁能修之？’见舞《韶箾》者，曰：‘德至矣哉！大矣！如天之无不帱也，如地之无不载也。虽甚盛德，其蔑以加于此矣！观止矣！’”说明天子朝廷和一些国家的宫廷中确有上述这些带有宗教色彩的歌舞。这些歌舞以其精彩的内容和形式吸引着具有高度文化修养的贵族，大家都以一睹为快。

这里还可以各国广泛演出的万舞为例以说明之。

《诗经》中一再提到万舞演出的情况。其渊源之古，场面之大，声乐之繁茂，情绪之热烈，可以想见。

> 《诗经·商颂·那》：“猗与那与！置我鞉鼓，奏鼓简简，衎我烈祖。汤孙奏假，绥我思成。鞉鼓渊渊，嘒嘒管声，既和且平，依我磬声。于赫汤孙，穆穆厥声！庸鼓有斁，《万》舞有奕。我有嘉客，亦不夷怿！”
>
> 《诗经·鲁颂·閟宫》：“秋而载尝，夏而楅衡，白牡骍刚，牺尊将将，毛炰胾羹，笾豆大房。《万》舞洋洋，孝孙有庆。”
>
> 《诗经·邶风·简兮》：“简兮简兮，方将《万》舞。日之方中，在前上处。硕人俣俣，公庭《万》舞。有力如虎，执辔如组。左手执籥，右手秉翟。赫如渥赭，公言赐爵。”

这种万舞，除了《诗经》中有记载外，史书上也有详细的记载。《左传》隐公五年："九月，考仲子之宫，将《万》焉。公问羽数于众仲，对曰：'天子用八，诸侯用六，大夫四，士二。夫舞，所以节八音而行八风，故自八以下。'公从之。于是初献六羽，始用六佾也。"说明万舞用在正式的典礼中，还有严格的等级规定，但到礼崩乐坏之时，后来演出的万舞其格式也不一定会恪守前代的规范了。凡是带有娱乐意味的节目，其发展趋势总是愈来愈趋浮靡的。齐国宫廷也演出万舞，因为它场面大，道具多，铺张糜费，因而引起了崇尚节俭的墨翟的反对，作为典型事例而予以谴责。《墨子·非乐上》："昔者齐康公兴乐《万》，《万》人不可衣短褐，不可食糠糟，曰：'食饮不美，面目颜色不足视也；衣服不美，身体从容丑羸不足观也。'是以食必粱肉，衣必文绣。"也就说明万舞演员在仪表、服饰上有很高的要求。

万舞的内容，依据闻一多的分析，"似是两种不同性质的模拟舞之总称，两种，(一)曰武舞，用干(盾牌)戚(板斧)，是模拟战术的，(二)曰文舞，用羽(雉羽)籥(一种小笙)，是模拟翟雉(一种与神话有关的长尾野鸡)的春情的。……全套的万舞总归是以武舞开始，以文舞收场的。这里'有力如虎，执辔如组'二句指武舞，'左手执籥，右手秉翟'二句指文舞。文舞所模拟的，上面已说过，是翟雉的春情。舞者一手拿着翟雉的羽毛，以象征那种鸟形，一手拿着那名籥的三管的小笙，边舞边吹着，以模拟雉的鸣声。这种舞容，对于熟习它的意义的，是颇有刺激性的。"①可见这种从原始信仰背景中产生的宗教歌舞，差不多都带有性感的意味。处在人类早期的历史阶段，它之由娱神转而娱人，也就是很自然的事了。至迟到了春秋初期，楚人就以娱乐的目的在欣赏它，

① 《闻一多全集》选刊之四《诗选与校笺》中《风诗类钞》内《简兮》一诗的注释。

不但在宫廷中演出，而且在贵族私邸中演出。

《左传》庄公二十八年："楚令尹子元欲蛊文夫人，为馆于其宫侧，而振《万》焉。夫人闻之，泣曰：'先君以是舞也，习戎备也；今令尹不寻诸仇雠，而于未亡人之侧，不亦异乎！'"

大约就是因为万舞中不但有尚武的内容，而且有色情的意味，所以令尹子元用它作为勾引寡妇的手段。这时万舞身上原先附着的宗教色彩已经全然剥落，故而能为许多地区的人所吸收。

大家知道，楚国本是巫风很盛的国家。巫风的基本特征是什么呢？

《墨子·非乐上》："先王之书，汤之官刑有之，曰：其恒舞于宫，是谓巫风。其刑：君子出丝二卫，小人否。"

这也说明楚国的宫廷之中和官邸之内歌舞定然十分兴盛。除本国歌舞之外，他们还努力吸收其他国家的歌舞，供娱乐之需。

随着社会生产力的提高，各国之间的文化交流也愈益频繁，早期那种国与国之间相互隔绝的状态慢慢消失了。每一个国家都在努力吸收他国的文化；各国的统治者，更热衷于提高自己的物质享受，在各国的宫廷或贵族的私邸中，大量出现异国的娱乐品。也就在这样的情况之下，各国的歌舞形成了广泛的交流。

《左传》襄公十一年："郑人赂晋侯以师悝、师触、师蠲；广车、軘车淳十五乘，甲兵备，凡兵车百乘；歌钟二肆，及其镈磬，女乐二八。晋侯以乐之半赐魏绛。"

《吕氏春秋·贵直论·壅塞》:“秦缪公时,戎强大,秦缪公遗之女乐二八与良宰焉。戎王大喜,以其故,数饮食,日夜不休。左右有言秦寇之至者,因扞弓而射之。秦寇果至。戎王醉而卧于樽下,卒生缚而擒之。”

《韩非子·内储说下(六微)》:“仲尼为政于鲁,道不拾遗,齐景公患之。黎且谓景公曰:‘去仲尼犹吹毛耳。君何不迎之以重禄高位,遗哀公女乐,以骄荣其意。哀公新乐之,必怠于政,仲尼必谏,谏必轻绝于鲁。’景公曰:‘善。’乃令黎且以女乐二八遗哀公。哀公乐之,果怠于政。仲尼谏,不听,去而之楚。”(并见《史记·孔子世家》)

《韩非子·内储说下(六微)》:“晋献公伐虞、虢,乃遗之屈产之乘,垂棘之璧,女乐二八,以荣其意而乱其政。”

这些“女乐”里面,就可能包括有这样的角色,他们善于演出原来用之于宗教方面的歌舞,因为某些材料可以证明,一些异国的原属宗教范畴的歌舞,正在其他一些国家之中生根演出。

《史记·李斯列传》载李斯上书秦王政曰:“夫击瓮叩击、弹筝搏髀而歌呼呜呜快耳目者,真秦之声也;《郑》《卫》《桑间》《昭》《虞》《武》《象》者,异国之乐也。今弃击瓮叩缶而就《郑》《卫》,退弹筝而取《昭》《虞》,若是者何也?快意当前,适观而已矣。”

《隋书·何妥传》:“秦始皇灭齐,得齐韶乐。”

可见凡是能够增进统治阶级愉快的歌舞,大家无不乐于吸收。

楚国的统治阶级极端讲求享乐,这在长沙、寿春以及原属楚地的广大地区内所发掘的楚墓遗物中都有大量的发现。不难想象,楚国的宫廷和贵族的私邸之中定然也会充塞着异国的音乐和舞蹈。这点在《楚辞》里面就可以找到例证。

> 《招魂》:“……归来反故室,敬而无妨些。肴羞未通,女乐罗些。陈钟按鼓,造新歌些。《涉江》《采菱》,发《扬荷》些。美人既醉,朱颜酡些。娭光眇视,目曾波些,被文服纤,丽而不奇些。长发曼鬋,艳陆离些。二八齐容,起郑舞些。衽若交竿,抚案下些。竽瑟狂会,搷鸣鼓些。宫廷震惊,发《激楚》些。吴歈蔡讴,奏大吕些。士女杂坐,乱而不分些。放陈组缨,班其相纷些。郑、卫妖玩,来杂陈些。《激楚》之结,独秀先些。”
>
> 《大招》:“……魂乎归徕!不遽惕只。代、秦、郑、卫,鸣竽张只。伏牺《驾辩》,楚《劳商》只。讴和《扬阿》,赵箫倡只。魂乎归徕!定空桑只。二八接武,投诗赋只。叩钟调磬,娱人乱只。四上竞气,极声变只。魂乎归徕!听歌譔只。朱唇皓齿,嫭以姱只。比德好闲,习以都只。丰肉微骨,调以娱只。魂乎归徕!安以舒只。嫮目宜笑,娥眉曼只。容则秀雅,稚朱颜只。魂乎归徕!静以安只。姱修滂浩,丽以佳只。曾颊倚耳,曲眉规只。滂心绰态,姣丽施只。小腰秀颈,若鲜卑只。魂乎归徕!思怨移只。易中利心,以动作只。粉白黛黑,施芳泽只。长袂拂面,善留客只。魂乎归徕!以娱昔只。青色直眉,美目媔只。靥辅奇牙,宜笑嗎只。丰肉微骨,体便娟只。”

就从这些零碎的记载之中,也不难看出,楚国的宫廷或私邸之中确曾演出异国的歌舞。只是由于年代的悠隔,后人已经很难判断这些歌舞的内容和性质了。

东君、云中君、河伯等神祇的事迹或有关的故事,也有可能以宗教歌舞的形式出现，纯粹起着娱人的作用，通过各种途径而流徙各国。在传世的文献记载中，后人虽然难于找到可以用来说明这些神祇曾以宗教歌舞出现于哪一个国家的材料，但屈原是一个足迹很广、见闻很博的人，在他丰富的经历中，目击过或耳闻到有关这些神祇的歌舞或其他方式的材料，也并不是不可思议的事。

以上是对屈原接触北方神祇的三种可能性从理论上作出的说明。

但这里仍需指出的是：上面第三种情况的出现，只是从宗教歌舞演变的一般规律上推论，说明有此可能，而在文献上却没有丝毫的记载。因为在楚国的宫廷或官邸中演出的带有宗教意味的歌舞，非但与东君、云中君、河伯全无干涉，而且没有什么具体的节目可以指明它来自他国的。所以屈原接触有关北方神祇的途径，仍以第一种、第二种情况的可能性为大。如果这些神祇曾以宗教歌舞的形式出现，而屈原有与之接触的机会，那也应当在他出使北方国家之时。退一步说，假如当时确有一些关于东君、云中君、河伯的宗教歌舞流入楚国，从而使得屈原有与之接触的机会，那也不能把这些神祇作为楚国崇祀的对象，更不能把与此有关的起娱人作用的歌舞说成是楚国的郊祀歌，因为这些神祇的性质有别于楚神，没有资格在楚国受享。

从屈原作品的特征谈《九歌》的作者问题

《九歌》各篇之中，神的性质不同，但因都有神话传说为背景，故而都有奇幻诡异的特点；神的来源国别不同，但因出之楚人手笔，所以又增加了南方文学特有的地方色彩。这些作品都是屈原的创作，和其他作品合观，风格已趋一致。

我们如果拿《九歌》和《离骚》等篇作比较，可以找出一系列相同之点来。

屈原的作品，最显著的特点之一，便是具有浪漫主义所特有的绚烂色彩。我国文学中罕见的那种丰富的想象，在《九歌》与《离骚》等文中都有突出的表现。

在《九歌》与《离骚》之中，都保留有神人恋爱的痕迹。像《离骚》中的“求宓妃之所在”“见有娀之佚女”“留有虞之二姚”……与《九歌》中的描写可谓如出一辙。这种表现手法，在古代其他文人的作品之中则是很少使用的。

从作品中透露的宗国观念来说，二者之间也有一致的地方。屈原具有强烈的爱国主义精神。他在《离骚》中说：“岂余身之惮殃兮，恐皇舆之败绩”，所以《史记》本传上说他：“其存君兴国而欲反覆之，一篇之中，三致意焉！”这与《九歌·国殇》中所表现出来的精神完全一致。可以说，屈原极力称颂殉国将士，正是他爱国精神的自然流露。

我们再拿作品中表现出来的人生态度而言，其间也有某些共通之处。大家知道，屈原作品的显著特色是种种超脱尘世的境界，诸如飘风先驱、冻雨洒尘，饮琼浆、食玉英之类；在周游四方的时候，又是上天下地，昆仑、幽都，倏忽千里，上下千载。但是我们可以从中找到一点最足以体现屈原特殊风貌的地方，那就是他对人间总采取执着的态度。好像他在《离骚》中所描写的，上下四方求女失败之后，听取了灵氛、巫咸的劝告，决心“远游以自疏”，于是“朝发轫于天津兮，夕余至乎西极”“神高逝之邈邈”“聊假日以媮乐”，但正当他“陟升皇之赫戏”时，“忽临睨夫旧乡”，于是“仆夫悲余马怀兮，蜷局顾而不行”，怀念故土的感情压倒了一切，终于使他抛弃了天界的一切快乐而重新回到了人间。又如他在《招魂》中所描写的，东西南北四方的环境是那样的可怕，上天、幽都的情况是那样的恐怖，而最好的地方还在本国的“修门”之内，因为那里的物质享受是如此丰富。《九歌》中描写的内容，虽然与此不同，但如《东君》中所写的“长太息兮将上，心低徊兮顾怀；羌声色兮娱人，观者憺兮忘归”，其肯定人间物质享受的态度，就有一致的地方。又如《招魂》中表现出来的那种及时行乐的态度，与《山鬼》中描写的那种流连光景的情调，也有相通之处。

通过以上各个方面的分析和比较，可以断言，这里没有什么理由可以否定屈原的写作权。相反，由于《九歌》与屈原其他作品具有如此多的相同之点，因而更可以使人相信：《九歌》是屈原的创作。

《九歌》的艺术水平之高，千古以来从无异辞，尤其是《湘君》《湘夫人》《少司命》《山鬼》等篇，文句的秀丽，音节的和谐，想象的高妙，境界的超逸，都已达到了极其完美的程度。这里使用的一个个文字，犹如一串串光彩夺目的珍珠。这样的作品，应当是诗人晚年修养已达炉火纯青阶段后的产物。

宋代的黄伯思从语言、名物、地理等不同方面指出“楚辞”的地方色彩。

> 屈、宋诸骚，皆书楚语，作楚声，纪楚地，名楚物，故可谓之“楚词”。若些、只、羌、谇、蹇、纷、侘傺者，楚语也；顿挫悲壮或韵或否者，楚声也；沅、湘、江、澧、修门、夏首者，楚地也；兰、茝、荃、药、蕙、若、苹、蘅者，楚物也。他皆率若此，故以楚名之。①

《九歌》的情况就是这样，尽管里面出现许多其他地方的名物，诸如“吴戈”“秦弓”“冀州”“九河”之类，但其基本内容，仍是“书楚语，作楚声，纪楚地，名楚物”，属于典型的楚辞作品。就是从用词造语等形式技巧方面的要素来看，也保持着屈原创作的特色。游国恩曾将《九歌》中的词句和《离骚》等文中的词句作过比较，发现二者不但在基本

---

① 黄伯思《校定楚词序》，《东观馀论》卷下。

词汇方面，而且在文句上，也有全然相袭的地方。例如"《云中君》的'与日月兮齐光'一句又见于《涉江》；《湘夫人》的'九疑缤兮并迎'一句又见于《离骚》；《东君》的'载云旗兮委蛇'一句也见于《离骚》（《离骚》作'载云旗之委蛇'，只有一个字不同）。《大司命》有'玉佩兮陆离'，《离骚》则有'长余佩之陆离'；《少司命》有'绿叶兮素枝'，《橘颂》则有'绿叶兮素荣'；《大司命》有'老冉冉兮既极'，《离骚》则有'老冉冉其将至'；《湘君》有'驾飞龙兮北征，邅吾道兮洞庭'，《离骚》则有'为余驾飞龙兮'及'邅吾道夫昆仑'。此外还有许多词汇如'纷总总''芳菲菲''长太息'等也同时见于《九歌》及《离骚》中。"①这就进一步证明了《九歌》是屈原的创作。假如不是这样，《九歌》出于他人之手，而在这么多的地方暗袭《离骚》等文，或是说屈原在《离骚》等文中暗袭《九歌》中的词句，那倒是不可思议的事了。

但也有人指出过《九歌》中的句法有与《离骚》等文不同的地方，这就是：《九歌》各篇中的"兮"字，都置于句中，不像《离骚》等文中的"兮"字，都置于句末。这也是人们认为《九歌》非屈原所作的理由之一。只是细读屈原作品，可知这种"兮"字的句式也并不是《九歌》中的特殊例子，《涉江》中也有同样的写法，例如"步余马兮山皋，邸余车兮方林"等句，与《九歌》句法一致，可见屈原的写作手法虽然变化多端，然而仍有其相通之处。

《涉江》这篇文章，值得注意。前面已经提到过它描写的自然景物与《山鬼》的背景一致，而且它的文句，它的句法，又有与《九歌》重合的地方。可见《涉江》的创作背景和创作特点，有与《九歌》相通的地方。根据《涉江》这篇文章，可以推断屈原写作《九歌》的年代。

---

① 游国恩《屈原作品介绍》，原载1953年6月15日《光明日报》，后收入《楚辞论文集》。

王逸在《九章章句序》中说："屈原放于江南之野，思君念国，忧心罔极，故复作《九章》。"屈原在《涉江》中也说："哀南夷之莫我知兮，旦余济乎江、湘。乘鄂渚而反顾兮，欸秋冬之绪风。步余马兮山皋，邸余车兮方林。乘舲船余上沅兮，齐吴榜以击汰，船容与而不进兮，淹回水而疑滞。朝发枉渚兮，夕宿辰阳，苟余心其端直兮，虽僻远之何伤。入溆浦余儃佪兮，迷不知吾所如，深林杳以冥冥兮，猿狖之所居。"这里介绍他"涉江"的前后和经历的路程，线索还是比较清楚的。它作于屈原初放江南之时。作品中的情调，虽有悲慨幽愤，但还没有发展到凄厉的程度，不像后来的《哀郢》《怀沙》等章，沉痛迫切，已是绝命前的哀号了。《九歌》的情调和《涉江》的情调有一致之处，里面充溢着惆怅失意的情绪，但却仍然文采斐然，说明此时还有飘逸的文思和潇洒的胸怀。

这个"僻远"的地区，当时还未得到开发，人烟稀少，草昧洪荒，不可能产生什么大型的宗教歌舞剧。但是这种特殊的地理背景，仍然在屈原的作品上盖下了鲜明的印记。

饶宗颐说："楚江南，自悼王时，吴起平蛮越，遂有洞庭、苍梧，然仍属南蛮，故称难治，惟其在楚为遐壤，于是以为黜臣窜逐之所。王逸《楚词章句》：'迁屈原于江南。'（《离骚序》）又云：'屈原放于江南之野。'（《九章序》）《史记·郑世家》：'楚庄王入自皇门，郑襄公肉袒掔羊以迎，曰：孤不能事边邑，使君王怀怒弊邑，孤之罪也，敢不惟命是听，君王迁之江南，及以赐诸侯，亦惟命是听。'又《张仪列传》：'郑袖日夜言怀王曰："王未有礼而杀张仪，秦必大怒，攻楚，妾请子母俱迁江南，毋为秦所鱼肉也。"'此可见楚江南，自来为迁谪之地。"[①]这时屈原的迁于江南，正是流放于沅、湘、黔中一带。他经历了政治上的失败，而又不能忘怀故国，心情忧郁，积愤难平，但江山之美，风俗之异，则又给

① 饶宗颐《楚辞地理考》卷中《江南解》，商务印书馆 1946 年版。

了他新的感受。《文心雕龙·物色》篇中说:"若乃山林皋壤,实文思之奥府,略语则阙,详说则繁。然则屈平所以能洞监风骚之情者,抑亦江山之助乎!"说明屈原之所以能够写出《山鬼》等作品,正是由于他深入到了辰、溆地区的缘故。

《史记·屈原列传》上说:"〔令尹子兰〕卒使上官大夫短屈原于顷襄王,顷襄王怒而迁之。"说明屈原迁谪江南,已在顷襄王时,则是《九歌》之作,应当是在去世之前不太久的时候了。

屈原一贯主张联齐抗秦,这项计划,在楚怀王时遭到挫折,在顷襄王时宣告失败,但他从未改变初衷。《东君》有句云:"青云衣兮白霓裳,举长矢兮射天狼,操予弧兮反沦降,援北斗兮酌桂浆。"戴震《屈原赋注》解曰:"天狼一星,弧九星,皆在西宫。北斗七星,在中宫。《天官书》:'秦之疆也,占于狼、弧。'此章有报秦之心,故与秦分野之星言之。用是知《九歌》之作,在怀王入秦不反之后。"这话也就有其可信之处了。屈原在《九歌》开端首列齐国的尊神东皇太一,或许也是有所感触而作此安排的吧。

屈原在当时政治斗争中态度坚定明确,因而涉及齐、秦两国上帝时,感情色彩也有不同。《东皇太一》中的仪式,何等庄严肃穆,这里当是直录齐人对此尊神的崇敬之情;《离骚》中则有句云"诏西皇使涉予",对此秦国上帝采取的是命令的态度。因为屈原写作《九歌》之时,虽然在处理题材等方面有所限制,但在字里行间还是有可能渗入某些主观感情。《九歌》中的某些问题,可作如是观;当然,我们也要警惕防止穿凿过甚。

詹安泰说:"我们看他《九章》里的《抽思》一篇,在'乱曰'之前并且有'少歌曰'和'倡曰',这种体式,以前没有看到,以后也没有人仿效,只有比他稍后的荀卿赋篇佹诗之后有'少歌'。荀卿在齐国住得很久,屈原曾出使齐国,和齐国有相当的好感,这就可能不是单纯的楚调,而已是吸取了齐国民歌的风格。”①

此亦可备一说，录之以供参考。

① 詹安泰《屈原》六“辉煌的艺术成就”，上海人民出版社1957年版。

十、结论

在上面八章中，我们对《九歌》中的一些神祇分别作了考释，最后还应简要地作一小结。

《九歌》中的神祇来源不一，必须细加分析，才能确定其性质和国属。

东皇太一一神，是燕齐方士利用道家本体论中的材料构拟出来的。他起先产生于齐国，战国中后期时，大约只是流传在民间。汉武帝时，为了政治上的需要，始由谬忌传入长安，并成为君临全国的至上神。

东君、云中君、河伯等神，均为北方的神祇，非楚产。

这些神祇都不应该由楚人来祭祀。

各地均祀司命，但《九歌》中作二女神，这大约与楚地原有二女神的传统有关。

二湘原是湘水中的两个女神，后来才附会到舜与二妃的故事上去。配偶神说不足信。

山鬼是南湘之间崇山峻岭中的一种精灵，在神界的地位很低微。

《国殇》之作有其特定的时代背景，其中渗透着屈原的爱国主义精神。

《礼魂》用于祭祀民间善终者，旧说可信。

这些神祇楚人能祀，但历代学者所作的解释，尚有不尽妥当之处。

总的说来，《九歌》中的许多神祇，有非楚人能祀者，因此，《九歌》不是楚国的民间祭歌，不是楚国的郊祀歌，也不可能是汉人的作品。不论从它的形式来看，从它的内容来看，或是从古代有关的记载来看，均应断为屈原的作品。

因为《九歌》有民间的神话传说为基础，又曾通过屈原的融会贯通而加以再创造，所以它的风格是统一的，具有南方文学的特征，洋溢着浪漫主义的绚烂色彩。

屈原之所以能够接触这些题材，途径很多。他在出使他国时可能耳闻过北方神祇的故事或目睹过有关的祀典；任左徒而接待宾客时，可能了解到有关各地神祇的传说；南方保留着许多记载各地神话传说的书籍，屈原也有可能通过学习而知悉一切。此外，春秋、战国之时，各国之间的文化交流已很频繁，当时的某些宗教歌舞，已经纯起娱乐的作用，而且传播于各国宫廷和贵族私邸，屈原也有可能通过欣赏歌舞而知道某些神祇的情况。他晚年流落江南，有机会接触本国一些神祇的祀典或听到有关他们的传说。这样，他才有可能根据了解到的各种情况写出《九歌》。

根据东皇太一一名出现的年代，以及《山鬼》等文中自然背景的描写，可知屈原的写作《九歌》，已在顷襄王时迁谪江南之后。这时他在政治上的斗争已告失败，而创作才能正极旺盛，因此产生了这一组文采斐然的作品，而又笼罩着一层惆怅失意的情调。

此稿于 1959 年写成，1981 年修改。越廿载而否极泰来，又越五载而始克问世。蹉跎岁月，浮沉世故。幸免鼠啮虫蚀之害，秦火燔燎之酷，斯亦可喜且可慨也已。